烽火长安桥

无锡长安桥地区
地下革命斗争故事

马千斤
杨文隽 著

主编单位：

无锡惠山经济技术开发区（长安街道）

共青团惠山区委员会

少先队惠山区工作委员会

人民东方出版传媒
People's Oriental Publishing & Media
东方出版社
The Oriental Press

图书在版编目（CIP）数据

烽火长安桥：无锡长安桥地区地下革命斗争故事 / 马千斤，杨文隽著 . —北京：东方出版社，2022.5
ISBN 978-7-5207-2637-5

Ⅰ . ①烽… Ⅱ . ①马… ②杨… Ⅲ . ①纪实文学—中国—当代 Ⅳ . ① I25

中国版本图书馆 CIP 数据核字（2022）第 072359 号

烽火长安桥

无锡长安桥地区地下革命斗争故事
（FENGHUO CHANG'ANQIAO）

马千斤　杨文隽　著

责任编辑：胥　一
责任审校：赵鹏丽
出　　版：东方出版社
发　　行：人民东方出版传媒有限公司
地　　址：北京市西城区北三环中路 6 号
邮　　编：100120
印　　刷：北京文昌阁彩色印刷有限责任公司
版　　次：2022 年 5 月第 1 版
印　　次：2022 年 5 月北京第 1 次印刷
开　　本：710 毫米 ×1000 毫米　1/16
印　　张：14
字　　数：120 千字
书　　号：ISBN 978-7-5207-2637-5
定　　价：58.00 元
发行电话：（010）85924640　85924644　85924641

长安桥（长安桥位于无锡市惠山区长安街道，建于清代，为拱桥。桥长 10.7 米，宽 3.04 米。）

无锡县解放会师地纪念碑

《吉祥桥堍》读后感

今天，我读了《吉祥桥堍》让我印象深刻。它讲的是一位苏州党武工队员和一位地下党员通过卖西本来传送情报，通过情报打败了国民党的一位高官的故事。

我觉得共产党能想出这样的办法是很厉害的，党员们能够巧妙的利用国民党的贪心，也是很聪明的。同时，从老百姓家里大到一头牛，小到一粒米都要拿走"看"，也能体现国民党的贪心和无理，也决定了国民党失败的必然。

江苏省锡山高级中学实验学校第二小学三(6)班 马联辔

英雄的无锡

————读《烽火长安桥》有感

江苏省锡山高级中学实验学校 初三(26)班 周正洺

我是个无锡孩子，生长在和平年代，没有硝烟，没有战争。但读到与我生活在同一地区的先人们的抗日故事，仍为之动容。从英勇除奸的郑家国到长安桥的抗日儿童团，故事里的他们年龄不同，身份不同，却在国家危之时坚定地站了出来，同日本人和汉奸作斗争，其间更是展现出过人的智慧。我相信正是因为有这些舍生忘死的人民英雄，中国才能迎来最后的胜利。阅读时，我想起如今无锡的繁华，便无比自豪。无锡真是一座英雄的城市！而每每回顾这些地下党员们英勇奋斗的事迹，我对家乡和祖国的爱便愈发浓厚……

《忏悔婚》读后感

《忏悔婚》讲述了一个非常感人的故事。1943~1945年间，无锡的青年阿根参加了苏北新四军，不惜以青梅竹马的心上人阿英忏悔婚，并在抗日战争中牺牲了自己年轻的生命。

现在我们的生活十分美好，无数个像阿根这样的革命先烈们用汗水和鲜血换来了新中国。作为一名小学生，我会好好学习，将来为建设祖国献自己的一份力量！

三(2)班 刘诗桐

"虎口拔牙"读后感

今天我读了"虎口拔牙"这个故事，它主要讲的是王锡智西北武工队不畏一枪一弹，夜袭瘫痪，捣毁了"以义救国军"盘踞长路这战略要地的一个据点，武工队取得胜利礼貌颂起要求对不过去的行动前的实地调查书老乡观察细致，甩且从敌人的据点里查到对疑点据念的关键线索，老乡建放，勇敢，聚捷的品格值得我学习！

这个故事也让我想起我们今天的来之不易生活，我要好好学习，长大后把我们祖国建设原更加繁荣昌盛！

二(14)班 李诗琪

《上海滩这无锡泰安》读后感

《上海滩这无锡泰安》的故事讲述了抗小沈小太冬等为了抗战随着理易县去上海开战锄奸帮助中国共产党"乙种宅"一级害虫员成功开启锄奸武工队的抗战斗一场场杀敌的故事，我觉得最小说的太务就是一位聪明、勇事冷静的英雄。

让我印象最深刻的是他太冬等在码头被敌人城楼问话的场景，英等的财质觉得惊慌失措，享且始终有点忧象或带一点迟缓，那不仅他们镇定逃生，所含方的队伍充定是很晌后天，令人敬佩的是他们不慌不乱，灵活应变，击碎了敌人的一条盘查，这可真是棋一出的诸天过海啊！这也让我想到了学过的《娃牛斗引了星落甩行》，遇到事情不要惊慌，要冷静处理，想办法摆脱困境。

除此之外，我觉得像现在的幸福生活是前辈之不易，革命先辈们用鲜血换路才换来了我们的最好，自由、光明的生活，我会一直铭记这些至镐，向他们学习，珍惜现在所拥有的，好好学习，长大了为祖国奉献记力量！

施涵瑞 三(1)

无锡北乡长安桥，是一个具有 400 余年历史的人文小镇，又是一个具有光荣传统的革命老区，战争时期号称"小莫斯科"。在抗日战争和解放战争时期，这里是锡北地区党的政治、经济、军事文化的中心，被誉为"红色堡垒区，解放会师地"。

这是一块英雄辈出的土地。在革命早期，有土地革命时期就投身革命的王钧烈士和季瑶琴、季翼农、季楚书一门三忠烈。抗日战争时期，长安桥镇地区国、共、日伪三方犬牙交错，一度成为锡北地区党组织青年开展抗日宣传活动的中心地区；新四军"江抗"和中共锡澄地下党武装作为主力，背依浩渺白荡水域，以及锡澄虞三县交界利于隐蔽转战的有利地形，不屈不挠地开展抗敌斗争。解放战争时期，长安人民在党的领导下，为部队及党政军机关提供房屋、食物，组织民兵抬担架、运弹药支援前线，儿童团站岗放哨查路条，妇女们纺花织布做军鞋，留下了一系列广为人知的革命佳话。

为抗日战争的胜利，为新中国的诞生，长安人民作出了巨大的贡献和牺牲。他们用无私的奉献和高尚的情操谱写了革命战争年代光辉的篇章，铸就了不畏艰险、不怕牺牲、团结拼搏、勇往直前的革命精神。

几十年过去了，由于老革命、老党员、知情者相继离世，前辈们的革命功绩和战斗故事，渐渐地湮没于岁月长河之中。那是多么珍贵的革命史料，多么宝贵的精神财富！为"抢救长安人民革命史"，见证峥嵘岁月，留存光辉足迹，马千斤、杨文隽两位作者将抗日战争和解放战争时期长安桥地区人民的革命英雄故事，从潜藏或半潜藏状态下发掘出来，提炼、加工、制作成儿童文学故事，完成了《烽火长安桥——无锡长安桥地区地下革命斗争故事》一书。本书旨在以文学故事的形式，面向少年儿童或演讲、或阅读，作为少年儿童"学党史"的一种载体，让孩子们聆听革命先辈的"心跳"，触摸他们伟大的灵魂，从而使心灵得到洗礼，精神得以升华，筋骨更加强壮。本书经相关部门和有关知情人士审阅提意见，作者又多次进行了修改和补充。我们对各位老师在编写过程中所付出的艰辛，深表感谢。

《烽火长安桥——无锡长安桥地区地下革命斗争故事》如同一幅恢宏的画卷，五彩斑斓，丰富厚重。全书有三个主篇章和一个特别呈现篇章，共41个故事，以史实为依据，力求将"史"的严谨性与"事"的通俗性完美结合起来；依据史，但又不拘泥于史；突出故事性，方便中小学生阅读；既有传奇般的人物故事，也有翔实的史料、真实的人物、真实的故事，乃至许多历史事件，都在书中留下串串足迹，让人追思，令人遐想，使人感悟。本书富有鲜明的时代特征和浓郁的地方特色，使人可信，可读，可传，可教。

开展"红色"教育，助力"铸魂"工程。希望长安街道相关部门利用好当地丰富的红色资源，依托《烽火长安桥——无锡长安桥地区地下革命斗争故事》一书，继续推进红色故事的宣讲，灵活运用各类学习载体，厚植爱党、爱国情感，让党史学习教育深入基层、深入校园、深入人心。但愿广大青少年读者从书中获得启发，珍惜今天的幸福生活，努力学习，自强不息，让党的事业薪火相传、血脉永续！

无锡惠山经济技术开发区（长安街道）

2022 年 3 月

目 录

第一篇

地火

1.
长安桥的
抗日儿童团

抗日战争时期，无锡的好多地方都建立了儿童团，为我们党的地下活动站岗放哨、通风报信。长安桥就有这么一支由十几个小学生组成的儿童团。

儿童团在地下党员的直接领导安排下，完成了许多大大小小的任务。他们会根据地理环境和任务的特殊性，设置单人哨、双人哨、节节哨，一般装作在田头割草或做游戏等，发现情况就按照事先约定好的信号传递消息、报告情况。如果情况正常，他们每过半个小时左右就会唱一遍当时经常唱的吴地童谣：

> 西漳船儿摇摇摇，
> 摇到外婆桥，
> 外婆叫我好宝宝；
> 给我一包糖，给我一块糕，
> 爷撑船来娘烧饭，
> 帮忙扭绷是好宝宝。

一旦发现敌情，他们就会唱：

狼来了，虎来了，
和尚敲着木鱼也来了。
哪里藏？庙里藏。
一藏藏出个小二郎。

如果敌人转一个圈，常规性巡逻一遍就回到长安桥据点里去了，孩子们就会唱：

二郎二郎你别哭，
狼走了，虎走了，
街上给你买铜锣，

张珈绮／绘

东也敲，西也敲，
敲得声音咣咣咣。

有一次，地下党古湾党支部在古庄召开秘密会议，因为会议重要，事先让儿童团安排了节节哨。先是有一男一女两个孩子的双人哨，男孩叫"小铜锣"，女孩叫"小木鱼"。

果然，敌人好像得到了消息，一队伪军和日本鬼子闯进了长安镇，而且一路小跑，往古庄方向奔去。小铜锣和小木鱼马上躲到一条小弄堂里，敲起了铜锣和木鱼并唱道：

小铜锣，咣咣咣，
小木鱼，笃笃笃，
喊来惠山赵子龙。
买把枪，买把刀，
西漳船，从天降，
鬼子汉奸进地宫。

唱了两遍，鬼子听到声音，就是找不到是谁在哪里唱。小铜锣和小木鱼认识前面带队的敌人，一个是驻扎在堰桥镇上的伪警察署署长，叫徐赤子；一个是无锡城里的伪警察局局长，叫沙壳子。队伍里有日本鬼子也有伪警察。他们又换了另外一个地方，继续唱：

徐赤子，是贼子，贼头贼脑坏胚子；
沙壳子，贼秃子，早晚要他脑壳子。

徐赤子和沙壳子气急败坏，又找不到人，就下令加速跑步，往古庄奔去。他们跑到古庄，悄悄地埋伏在小河对面的桑树田里，想在半夜发起突然袭击。

古庄那边的村外小土岗上，又有两个孩子在做游戏。他们听到铜锣和木鱼声，知道有敌情，特别是听到徐赤子、沙壳子的名字，就知道伪军和日本鬼子是一起来的，很危险，情况十万火急。他们立刻把一棵假装种在地里的两米多高的树放倒。古庄村口，有一个孩子爬在稻草垛高处，边看书边观察村外小土岗，看到消息树放倒了，立即滑溜下来，跑步到开秘密会议的会场外面，通知了会场外的岗哨。党支部领导听到哨兵的报告后，快速作出安排。

那一天的会议是在傍晚，古湾党支部正在讨论如何把一批军用物资和药品送往苏北新四军根据地，接到儿童团安排的节节哨的报告后，当机立断，把所有同志分成两队。其中一队带着军用物资和药品悄悄地从后门出去，转移到北边的白荡湖边早就藏好的几条船里；另一队把所有同志带来的手榴弹集中在一起，四五个一捆，等运送物资的同志走远了，看准时机，趁着夜雾，打开大门突然冲到河边，将一捆捆手榴弹迅速投到小河对面的桑树田里。"轰、轰、轰"，伪军和小鬼子不明情况，被炸得嗷嗷直叫、魂飞魄散、到处逃窜，撤回他们的"乌龟壳"里。

游击队员们扔完手榴弹后，撤退到白荡湖边早就准备好的小渔船上，向江阴地界摇船而去，把军用物资和药品完好无损地交给了新四军首长，圆满完成了保护和运送军用物资的艰巨任务。

后来，新四军首长还专门表扬了机智勇敢的儿童团员们！

儿童团员们非常开心，又唱起了童谣：

月亮锃锃亮，
家家老小出来白相相，
拾到一包银大洋，
买挺机关枪，
乒乒乓乓打东洋，
打得鬼子不敢犟。

2.
三小儿辨父

　　1942 年隆冬时节，树木掉光了叶子，在风中跌跌撞撞，衰草也无力挣扎，在风里瑟瑟抖抖，灰褐色的田野蒙上了厚厚的霜，河里、池塘里结着薄薄的冰。在这样肃杀的天气里，三天两头有一支奇怪的队伍出现在锡澄路上——三个大人、三个小孩，其中一个大人背着腿有残疾的男孩，另外两个大人分别牵着两个小男孩。他们不是走亲戚，也不是赶节场，走得东倒西歪、垂头丧气。

　　三个男孩像三个小乞丐，满身白虱，衣衫破烂，头发蓬乱发臭，更不堪的是脚后跟上都生着冻疮，烂了一个大洞，不住地流脓血，走几步就疼得咧嘴龇牙、哇哇哭叫。三个大人假惺惺地装出一副笑脸，轮番进行"哄吓骗"："受苦了吧？找到你们的爹就不用跑出来喝西北风，我们还会给你们治好烂脚。所以你们要把眼睛睁得大大的来找到你们的爹。"

　　这三个孩子的爹爹叫陆福泉，是一位信念坚定的共产党员。

1937 年 12 月江南地区沦陷之后，成为日军和伪军的地盘，陆福泉在锡北地区组织抗日自卫活动，与"江抗"（江南抗日义勇军）高层领导叶飞和何克希等人结成了深厚友谊。他是新四军东进的交通员和侦察员，也是受叶飞称赞的"江抗"的联络员和供给员。

1942 年夏天起，日伪顽反复"清乡"，一天比一天疯狂，斗争形势更加严峻了。陆福泉经常带领武工队的战士袭扰日军，让敌人不胜其烦，视之为眼中钉，不仅许以高官厚禄"招降"，还暗中发出了 1000 块大洋的悬赏。为了捉住陆福泉，鬼子唆使汉奸走狗到各村打狗，他们怕狗的吠叫会破坏他们的抓捕行动，因此将锡北附近村庄的狗都打光了。为躲避日寇追捕，陆福泉经常跟随网船飘荡在水上，也有不少晚上露宿在村西的大荒坟里。

10 月的一天，锡北工委三条船停在长大厦顾巷浜，中午遭到鬼子的突然袭击，工委书记和中心县委委员都不幸牺牲。在这样恶劣艰苦的环境下，陆福泉无所畏惧，不论到哪里，都与群众结成亲密的鱼水关系，老百姓照样千方百计保护好自己的子弟兵，锡北仍有抗日武装活动，敌人的"大清乡"毒计落了空。

日本鬼子悬赏缉拿陆福泉的诡计无法得逞，恼羞成怒，使起了更毒的一招，就是以陆福泉的三个儿子为人质，企图威逼他叛变革命，宣称如果不投降，就杀了他全家。

　　日本鬼子到小万巷将陆福泉的三个儿子（浩清 13 岁、浩云 11 岁、浩然 9 岁）捉了去，先关在八士桥西街的一所大房子里，后押送到西漳三葫芦蚕种场（当时是日本人的据点）。鬼子把三兄弟单独关在楼上放满了养蚕架子的房间里，而其他被抓来的亲友全关在楼下的水泥地牢里。

　　日本鬼子的所谓大队长、中队长都到了，杀气腾腾，由一个名叫顾维均的伪区长陪同审问。顾维均问："你俚娘呢？"三兄弟答："勿晓得！"

　　问："你俚爷呢？"答："勿晓得！"

　　"不说就吊起来打，还要上老虎凳。"一个汉奸把一张长凳搬过来，摆出要上老虎凳的架势。

　　三个汉奸密探抓住三兄弟的双手，用力拍打，打得红肿起来。三兄弟痛得眼泪直流，撕心裂肺地哭喊、哀求，但他们仍然说"勿晓得"。

　　无法从孩子们嘴里撬出他们想要的信息，狡猾恶毒的鬼子又生一计，以三个孩子为诱饵，由汉奸背着老大浩清，牵着老二浩云、老三浩然，辗转在方圆十几里周围各村，一条田埂一条田埂地走，一个村庄一个村庄地转，叫孩子们寻找指认他们的父亲陆福泉。

　　汉奸拿出糖果，一个个地分给三兄弟，说："吃吧吃吧，带我们去你们爹爹经常去的人家。"然而，令汉奸没有想到的是，三个孩子没有一个人接糖果！汉奸不甘心，又把孩子们攥紧的手掰开，将糖果硬塞给他们。孩子们却仍然将糖果推出去，就是不接，汉奸的糖果掉在满是灰土的地上。

汉奸气得哇哇大叫："敬酒不吃吃罚酒！"

老大浩清虽然不会走路但脑子机灵，在汉奸面前装成傻呵呵的样子唱起"古怪歌"。汉奸看到他的面部表情以为他是个傻子，哭笑不得，便骂道："你有神经病！""我毙了你！"

这天早晨，天还未大亮，他们来到锡澄路西界泾圩里，这里是游击队经常出没的地方。每家每户的大门被拍得震天响。敌人将全村乡亲集合在晒场上，把三个孩子带到人群面前，要他们当场指认陆福泉和他的战友以及他们的家属。浩清环视四周，见其中一人是押送他们的汉奸阿三的亲戚，便朝着那个人大喊："爹爹！爹爹！"

那个被指着喊的汉奸的亲戚气急败坏，歇斯底里地对浩清破口大骂："你这个憨头瘪三，谁是你老子，瞎了眼！"

汉奸阿三对浩清无可奈何，背着他走路也是个负担，只好叫他滚开。

就这样，折腾了一个多月，敌人一无所获，面对三个越走越瘦、越走越脏、越走越"傻"的孩子也无计可施。三小儿的"辨父之路"宣告是"死路一条"。

1943年清明节前，经过地下党和村里人的营救，浩清、浩云、浩然三兄弟终于被释放回家。

3.
放牛娃认"姐"

　　1940 年春夏之交，在锡澄虞中心地区的一个村庄，十岁出头的小生，一大早来到屋后的牛棚。

　　小生一边解牛绳，一边对老牛说起了话："老牛，前段时间你辛苦了，现在春耕生产已经结束，小生每天都要好好犒劳你。走吧，我们今天走远一点。唔，今天去界泾河吧，那里平时没有人去，一定会有很多很多新鲜的青草。"小生牵着老牛哼着歌，放牛去了。

　　小生来到村庄北面的界泾河边，这里果然有很多很多水嫩新鲜的青草。他放开缰绳，让老牛自由自在地吃草。河边有星星点点的野花。小生摘了几朵最漂亮的，又爬上一棵柳树，摘了几根柳条，然后坐在一个土墩上，编起了柳条帽。他呀，想编两个柳条帽，一个自己戴，一个带回家，给隔壁的好朋友小芳妹妹，还有那几朵最漂亮的野花，也要一起给她。

　　突然，传来一阵脚步声，一位大姐姐正疾步朝他走来。小生觉得有点奇怪，也有点紧张："难道这柳树是她家的？"

　　"小朋友，你在放牛啊？呀，那些野花真漂亮，可以给姐姐一朵吗？"那位姐姐说着就拿起一朵花戴在自己头上。小生想："臭姐姐，我还没有答应给你，你自己就戴上了。"小生刚想说话，大姐姐又说了："小朋友，你叫什么名字啊？那边日本鬼子来了，你怕不怕？"小生顺着姐姐指的方向一看，真有一队鬼子兵从远处走来。小生说："我叫小生。姐姐，我不怕！我现在人小，力气不大。长大后，我一定加入武工队，杀鬼子。"

　　大姐姐摸了摸小生的头，说道："小生是勇敢的男子汉！姐姐就是武工队的交通员。来，帮姐姐一个忙。我，是你的姐姐，叫小琳。你是我的弟弟，叫小生。你，一大早出来放牛。我，来叫你回去吃饭。听明白了吗？"

　　小生懂了，郑重其事地点了点头。姐姐掏出一个手绢包，里面还包着油纸，让小生去藏到河边的石头底下。小琳姐姐牵着老牛，迎着敌人慢慢地向前走去。走了几十米后，她大声喊道："小生，快点呀！"

　　这时，敌人已经走近了，他们一下子把小琳姐姐围住。一个汉奸大声质问她："你是什么人，哪有大姑娘出来放牛的？"

  小琳面对敌人亮晃晃的刺刀沉着冷静，面带着微笑说道："我是前面村里的，我家弟弟出来放牛，我是来叫他回去吃饭的。"那汉奸上下打量着小琳，发现她既没有带包，和这里的村姑也没有什么两样……他忽然想起了什么，凶巴巴地大声问道："你的弟弟呢？"那些敌人一听，马上噼噼啪啪地拉起枪栓。这时，正好不远处的土坡下面传来了一阵叫喊声。

  "姐姐，姐姐！"

  "弟弟，你怎么才来，又贪玩。"

  "姐姐，我帮你编了一个柳条帽，给你遮太阳。"小生说着跑过来踮起脚尖，把一只柳条帽给小琳姐姐戴上，一不小心，自己的柳条帽掉落到地上。小生弯下腰，刚想捡，一只大皮靴一脚踩到他的柳条帽上。那个汉奸一把抓住小生的衣服，大声喝道："你叫什么名字？你姐姐叫什么名字？"小生假装很害怕，低声回答道："我叫小生，我姐，她……她叫小琳。"说完，小生突然大声哭了起来："坏叔叔，坏叔叔，你赔我柳条帽，赔我柳条帽。呜——呜呜——"

  这时，小琳姐姐亲昵地搂起小生："好了好了，姐姐的柳条帽给你，啊，小生不哭了，我们回家吃饭。"

  小鬼子看到实在没有什么疑点，一脸无趣，对那汉奸喊道："开路开路！"汉奸也只能悻悻地走了。

　　小琳姐姐把小生送到村里，见小鬼子已经无影无踪，就回到河边，取出情报，急匆匆往下一个交通站赶去。

　　她，就是中共地下党锡澄虞交通总站的情报员周琳。

4.
"江抗"指挥部的座上宾

新四军初到苏南敌后，人地生疏，供给困难。解决"枪、款"问题，是中央的指示和新四军军部交给当地地下党组织的任务。

1939 年，"江抗"到达梅村建立驻锡办事处后，有一次在澄东地区围剿"忠救军"（"忠义救国军"简称"忠救军"，是抗日战争时期国民党军统局领导的特务游击武装，其任务之一是阻抗共产党领导的武装力量进入当时的京沪杭地区。）的残部，宿营在长寿北倪家巷时，为了保证部队的给养，新四军无锡兵站站长严家骧与季连树、陈家田等锡澄区委委员商量研究，要想办法搞到支持新四军的活动经费，以解燃眉之急。

因为敌情严重，情况复杂，任务艰巨，稍有不慎就可能牺牲个人生命，完不成筹款任务，甚至影响整个"江抗"在澄东地区的行动和战略部署。几个区委委员整整开了两天的会，就筹款方式、筹款范围和数额进行了激烈的讨论，最后达成共识。他们了解到不少锡北老乡是上海的工人阶级，不但可以在经济上帮助他们，而且可以掩护他们。

严家骥自知任务艰巨，但还是自告奋勇接受了这个任务。严家骥的哥哥是上海大中华橡胶厂的工会主席，他觉得自己到上海筹措资金，比别人更合适也更有把握。于是他立下军令状：一定搞到钱，搞不到钱就不回来！

严家骥到了上海，找到陈枕白同志，与组织上取得了联系。在上海地下党的安排下，严家骥和哥哥到上海新闻旅馆开了一个会，布置了任务。大中华橡胶厂和荣祥袜厂等工厂的进步商人、工人都动员起来了，纷纷慷慨解囊。在抗日战争时期那样困难的条件下，筹到了 3000 块大洋。

严家骥拿着现金喜滋滋地回到了无锡。季连树、陈家田、傅秋涛等同志也非常高兴。眼下首要任务是把这笔革命的"生命钱"护送到部队，刻不容缓！

如何将 3000 块大洋从锡北长安桥运到江阴长寿北倪家巷？这的确要费一番心思。

从长安桥到长寿北，虽然只有十几里路，但途中有好几道封锁线，很难顺利过关。经过反复考虑，严家骥等人决定采用"巧运"的办法，确保万无一失。

严家骥、季连树两人负责完成这个危险而又光荣的任务，因为他们对澄南和锡北地区熟悉，群众基础好。他们把大洋藏在一大包花边里面，通过封锁线和据点时，伪装成运送花边的商人，以此蒙蔽日伪军。最终他们安全抵达新四军老六团宿营地。

叶飞司令员乍见严家骥、季连树这两个"不速之客"，颇感意外地问道："你们跑来干什么？"

他俩喜滋滋地说："听说司令员这里很困难，我们是来支援你们的，给你们送 3000 块现大洋。"

叶司令员更显迷惑不解，急着追问这么大一笔钱从何而来。当时的大洋还是很值钱的，新四军官兵每个人每天平均只有八分钱伙食费。这次搞来这么多钱，确实可以派上用场了。

王云燕 / 绘

于是，他们一五一十地讲了筹钱的经过，叶司令员听了哈哈大笑，说："地方上的同志还真有办法。好啊！今天我请你们吃饭。"说罢，他就吩咐机要科科长到街上去安排炒几个菜，买两瓶好酒。支队司令部的同志们发现叶司令员情绪特别好，一开始也颇感惊奇。因为他平时生活俭朴，难得去馆子里炒菜；而今天来的又不是首长或统战对象，不过是地方的普通党员，为何如此张罗？

后来，严家骥、季连树成为"江抗"指挥部的座上宾，新四军指战员经常向他们问这问那。他们被誉为"活地图""锡北通"，是新四军部队人人知晓的人物。

5.
上海裁缝无锡"奔丧"

　　钱小斌今年 10 岁了，暑假开学就要升五年级了。小斌每天完成暑假作业的任务后，就会去爷爷的书房里找书看。

　　一天，小斌忽然看到爷爷的书柜里有一张装裱好的纸，好像是关于上海解放的一张布告。小斌想，我们是无锡人，爷爷为什么要珍藏上海的一张纸呢？难道这里面有什么故事吗？小斌就对正在写文章的爷爷说："爷爷，我想请您给我讲一个故事，可以吗？"

　　爷爷说："小斌看了那么多书，为什么还要听爷爷讲故事呢？"

　　小斌说："爷爷，我想听您讲那张装裱好的纸的故事。那是一张什么样的纸？那里面有什么故事吗？"

　　"哦，你是想知道这个呀。好，爷爷告诉你，那是一张太爷爷留下来的 1949 年上海市解放后，中国人民解放军军管会的第一份布告。爷爷拿给你看。"爷爷小心翼翼地从电子干燥箱里取出那张用宣纸包起来的发黄的纸。小斌凑近一看，哇，这可真是宝贝！纸上面写着"上海市军事管制委员会布告　军秘字第一号"，还盖着一个长方形的大红印章。

爷爷语重心长地说："小斌啊，来，坐下来，爷爷给你讲这张布告的故事，这也是你太爷爷在革命战争年代做地下党的故事。"

那是 1946 年，太爷爷在上海开了一家裁缝铺。太爷爷 12 岁就拜师傅学习做裁缝，后来跟着共产党打日本鬼子，又打国民党反动派。那时候，太爷爷是隐蔽在无锡、江阴一带的长安区武工队的队长。抗日战争胜利后，国民党妄想消灭共产党，发动了内战。我党已经公开活动的称为"甲种党"的共产党员和武工队按照党的指示北撤苏北。一部分"乙种党"，也就是秘密党员，依然留在无锡，坚持地下斗争。国民党反动派在无锡大肆抓捕我们的地下党员和武工队员，以及支持共产党的老百姓。党组织为了保护太爷爷的安全，就安排太爷爷隐蔽到上海，开了一家裁缝铺，作为我党锡澄县委在上海的地下交通站。

记得就在 10 月的一天，太爷爷的裁缝铺里来了两位客人,其实他们是太爷爷抗日战争时期的武工队战友。虽说是老战友,但是,地下党的纪律不能忘,首先要把接头暗号对上。来人问:"老板,你这里有阴丹士林丝光布吗?我想给太太做一件旗袍。"太爷爷回答说:"哎呀,对不起先生,阴丹士林丝光布刚刚卖完了。""哦,那我上别家看看。""先生别急,先生住哪里?过几天到货后我送货到您府上定制。"来人说:"不行,我是从苏北来上海进货的,明天还要去无锡进货,算了吧。"太爷爷紧接着说:"我这里还存了一点府绸,也是阴丹士林的,可以吗?"太爷爷说过,这阴丹士林啊,是当时最时髦的旗袍布料。来人又说:"哦,那可以让我看看料子吗?""可以可以,先生里边请。"暗号对上了,于是,太爷爷让伙计看着店铺,引客人进了里屋的小阁楼。这两位客人,是刚刚在苏北东台华中第十地委扩大会议上宣布成立的"锡澄武工队"的队长老江,还有队员小周。他们的任务是带领一批精兵强将组成小分队南下江南,到无锡北部建立武装工作委员会和武工队。因为敌人把长江封锁得很严,组织上安排老江和小周装扮成商人,坐船绕道上海,找到太爷爷的裁缝铺,也就是锡澄县委设在上海的秘密交通站,然后讨论决定下一步的具体行动计划。于是，太爷爷和江队长他们就在这家裁缝铺的小阁楼里，召开了第一次中共锡澄县武工委会议。

太爷爷与无锡一直保持着密切联系，对锡西北地区的对敌斗争形势了如指掌。太爷爷介绍说："我军北撤后，在长安建立了我党地下长安中心区委，坚持锡西北地区的斗争。锡西北地区包括无锡的长安、前洲，江阴的璜塘、马镇以及武进的横林以北的地区。无锡、江阴的敌人非常嚣张，他们起用地头蛇，有的甚至是日伪时期的汉奸，利用本地人熟悉本地情况的优势，发展特务网络，到处搜集我地下党活动情报，妄图彻底消灭我们地下党。敌人用这些残渣余孽拼凑了一个'锡澄联防办事处'，主任、副主任都是地方上的恶霸汉奸，也有当年'忠救军'系统的伪军。他们把办事处设在八士桥，妄图隔断我长安中心区委和张泾寨门地区的联系，封锁锡北和澄南的通道；在堰桥利用日本鬼子留下来的炮楼据点来切断长安中心区委与前洲、横林等锡西地区的联系。现在我们成立了锡澄武工队，长安、前洲等地也有了武工组。我们回到无锡，第一个任务就是要除掉几个臭名昭著，群众恨之入骨，对我党危害性极大的老汉奸、新特务。"江队长传达了地委扩大会议精神，大家研究了分工，确定了联络地点。会后，太爷爷安排武工队员分批进入锡澄地区。江队长在无锡城区熟人多。为安全起见，太爷爷决定亲自护送他，从苏州绕道常熟，改乘客轮至江阴黄土塘附近上岸，进入张泾寨门地区。一路上要经过好几个敌人的检查站，太爷爷对江队长说："老江啊，我建议我们两人以'连襟'称呼，只说岳母去世，回无锡乡下奔丧，这样不容易引起敌人注意。"江队长一听，连声叫好，就这样办。太爷爷一到常熟，就去买了些祭丧用品。两个人头戴孝帽，腰束白布带，手提纸箔和冥洋就启程了。一路上比较顺利地通过了几个据点，就在要登上从常熟到江阴的客轮时，敌人的哨兵拦住了太爷爷他们两个人。

"站住，干什么的？搜查。"

太爷爷马上上前应付："长官，我俚是从上海来，要去无锡乡下黄土塘奔丧。我俚两个人是连襟道里，我俚丈母娘坏特了，阿拉要回乡下去奔丧。阿拉丈母娘对阿拉最最最最亲的，阿拉也唔没办法。长官，求求侬，放阿拉过去。检查，检查，喏，箱子里是死人用咯吃咯。"太爷爷一边哭哭啼啼地说，一边从包里拿出一大沓钞票，塞到敌人的小头头手里。敌人一看太爷爷他们两个人头

钱涵菁 / 绘

戴孝帽，心里嫌晦气，看看行李包裹中也没有其他东西，又有一大笔钱进账，就不耐烦地挥挥手："走吧走吧！"
太爷爷一边作揖一边和江队长快步向码头走去。突然，敌人的小头头大喝一声："你们两个回来！你们敢戏弄老子！"上来就举起枪托，给了太爷爷一枪托，然后，把一大把钱摔到太爷爷脸上。太爷爷和江队长非常震惊，瞬间做好了与敌人拼个鱼死网破的准备。太爷爷把手伸进包包里，紧紧地握住包里的裁缝大剪刀，一边示意老江，意思是我与敌人拼命，你就趁机跳河逃跑。这时，那小头头又摔了一把钱到太爷爷脸上："你看，这是什么玩意儿，你弄老子白相啊，我把你抓起来！"太爷爷定睛一看，暗自好笑，忙点头哈腰地说："对不起长官，对不起！是我心里太悲伤了，不小心把要烧给丈母娘的钱搞错了。对不起，对不起。"说着他又掏出了一把真的法币塞了过去。小头头用眼睛瞟了一下：是真的钱，里面还夹了几张美钞。他这才悻悻地、骂骂咧咧地喊道："滚！下次再这样，抓你去坐牢。"说着说着，又上来狠狠地打了太爷爷一枪托。

太爷爷一边往码头退，一边说："误会误会，我家丈母娘八十多岁了，给长官冲喜，冲喜……"

就这样，太爷爷他们两个人坐船到了黄土塘，傍晚时在斗山附近的一个村子里，取出了北撤时藏起来的武器弹药，按约定与其他武工队员会合后，第二天派出侦察人员摸清了几个罪大恶极的地头蛇的行踪，然后连夜奔袭长安桥锄奸杀敌，开始了锡澄武工队新的战斗。

小斌听得入了迷，并问道："爷爷，那这张布告又是怎么回事呢？"

太爷爷把江队长护送到无锡以后，和江队长一起铲除了"锡澄联防办事处"的几条毒蛇。后来按照党组织的指示，太爷爷回到了上海裁缝铺的地下联络点。一直到上海解放，太爷爷看到了我们自己军队发出的第一号布告，非常激动，就珍藏了一张。再后来，太爷爷又按照党组织的指示，回到无锡，开始建设新中国的新无锡。

6.
假设灵堂"奠"亲子

    1942年秋收时节，日本鬼子在锡北地区进行"清乡""扫荡"。最令鬼子闻风丧胆的一支抗日队伍，是顾全福带领的一支地方武装队伍，有三四百人。由于熟悉地形，又有广泛的群众基础，他们对付日寇主要的方式是骚扰日军，为新四军刺探敌情，配合新四军作战捞日军的"尾子"，还有直接与日寇的战斗。

    鬼子千方百计要抓到顾全福，消灭这支抗日队伍，于是到处张贴缉拿顾全福的"矮脚告示"，宣传"捉住顾全福，赏洋一千元"。

    锡北地区一时风声鹤唳，情况万分紧急。但由于顾全福无论到哪里，都与群众结成亲密的鱼水关系，敌人虽有重赏，老百姓照样千方百计保护，使他屡次躲过敌人的追捕"围剿"。

    顾全福的母亲年过花甲，虽然没有文化，但恨透了日本鬼子，对全家抗日大力支持。儿子儿媳投身抗日革命，撇下了家庭，她要照顾三个小孙子，操持家里、家外包括庄稼地里的事情。

一天，鬼子和汉奸到位于小万巷的顾全福家搜了个遍，把简陋的家砸得更不像样。敌人问家里有没有新四军游击队来过，顾母一口咬定："没有！"五六个鬼子、汉奸齐上，给她上老虎凳、灌冷水。几次下来，顾母昏死过去不知多少回，但她仍咬紧牙关，一口咬定没什么人来过。

为逼迫顾母说出儿子顾全福的情况，敌人把她的三个孙子像踢皮球一样踢来踢去，踢打够了，又拎起哭哭啼啼的小孙子走到火炉旁，嚷嚷着要扔到炉子上烤烤吃。顾母撕心裂肺地哭喊、哀求，直到把头都磕破了，鬼子才把孩子放下来。敌人胡乱痛骂了一阵，最后抓走了她的三个孙子。他们使出更毒的一招，将三个未成年孩子作为人质，企图诱捕顾全福。

在长安桥一带搞地下工作的几个党员，对顾全福同志一家的遭遇非常着急，商量要动员当地群众，千方百计帮助顾家渡过这个难关，救出三个孩子。在地下党的支持下，顾母想出为儿子摆灵堂的办法来欺骗敌人。"顾全福被飞机炸死的噩耗"迅速传遍全村，乡亲们都涌到顾府帮着张罗办"丧事"。

顾家门口孝幡高挂，进门就是顾全福的牌位，上面有一个大大的"奠"字，两边有挽联，堂屋里摆着一口大红棺材，还请和尚道士念经做道场。总之，一切布置俨如顾家真的在治丧。

白发苍苍的老母亲早晚哭灵，把对儿孙的关爱、思念之情，在号啕痛哭中宣泄出来。她想到这些日子顾家被鬼子搅得祖孙三代天各一方，一日数惊，每分每秒都在提心吊胆中过日子，哭得更加撕心裂肺。

顾全福为了抗日，有家不得回，老母亲才演出"活祭亲子"的悲剧。

日本人也来到顾家一探究竟，见到灵堂和伤心欲绝的顾母，信以为真，认为顾全福已死，关押三个年幼的孩子也没什么意义了，便答应交上 100 块大洋就放人。顾母和乡亲们连夜凑齐了钱，把三个孩子赎了出来。

一出"捉住顾全福，赏洋一千元"的闹剧，就此收场。

从那之后，顾母更是铁了心抗日，她在家碾米磨面、烙麦饼、做军鞋。一次，一位负伤的新四军战士两天没吃东西、没喝水，还受了伤，走到她家门口，立刻就被顾母请进屋。顾母拿出麦饼、咸菜，端来茶，又用温水给他泡了脚。战士临走时，非要把褂子脱下来送给小孩做衣服，但被顾母坚决拒绝了。

7.
两渡冰河突围

长安桥东南有一个很偏僻的小村子叫石家浜，村里几户人家都是我党的基点户。长安桥的北边有上舍、冯古巷、南园村、二大房巷、三二房巷、四二房巷等几个村子，村子之间都是以河为界。过了两条河，再往东北方向就是锡东的东巷了。

1949 年 1 月的一天，地下党锡澄县工委召集各区武工组长在石家浜研究工作，原计划晚上住在村里。晚饭后，因东(亭)查(桥)区武工组的两位同志另有任务，提前先走，长安武工组的老张送他们离开长安桥，途经南园村。忽然，老张脚底下踏到一根圆滚滚的东西，仔细一看，竟是电话线。老张顺着电话线方向看去，应该是通向敌人的据点。老张想：哼，为了"清乡"，敌人居然把电话线架到了长安桥。回到石家浜后，他便向锡澄县工委江书记汇报了这个情况。老张说："江书记，我去把电话线剪掉吧。"江书记想了想说："不行，一旦剪掉，敌人就会发现，我们在敌人的鼻子底下开会就不安全了。"于是，同志们继续开会。

　　送走了东查区的同志后，江书记又与张（泾）寨（门）区和澄南区（祝塘、马镇）的同志研究了工作，一直到晚上九点多。同志们从石家浜出来，准备到二大房巷与被派去江北汇报情况的交通员取得联系。刚到村前的田里，大家就看到村里手电光四射，听到敌人的吆喝声和群众被打的惨叫声。很明显，这是敌人在搜索和拷打群众。江书记立即布置往东后方向撤，到南园村后面，遇到敌人的哨兵，问口令，武工队员们答是老百姓，马上匍匐下来，向后转，敌人哨兵就开枪了。一处开枪，周围村庄的敌人相互呼应，都开了枪，一时枪声大作。敌人的枪声给了武工队判断情况的依据，判断敌人已经把武工队包围在三里范围内的一个圈子里。敌人是打惯了阵地战的，打了一阵枪，不见动静，就停了下来。为了摆脱敌人，武工队员只能远离村庄，找一个安全的地方渡河。那晚天空飘着小雪，河里结着薄薄的冰，渡过第一条河时，队员们身上的棉衣都丢在河里了。过河后，队员们决定分路突围。几位同志往张步桥方向突围，几位同志向冯古巷、西庄方向突围，还有同志向斗山方向突围。

　　江书记和老张往上舍方向突围，前面有座翠云桥，估计又会有敌人封锁，于是又渡过了第二条河，到达冯古巷。他们想进村换衣服，突然听到村旁墙角边敌人问口令。江书记回答是老百姓，然后就悄悄地往后撤。敌人正在屋里烤火，听说是老百姓，懒得

傅莉骅 / 绘

出门查问。江书记和老张只能向东巷走去。他们受冻后浑身麻木，"快慢机"手枪拿在手里觉得很沉重，手指已不听使唤，特别是脚底痛，踏在地上像刀割一样。过了冯古巷，老张一脚踏空，跌了一跤，起不来了。他说："首长，你快去吧，我不行了。"江书记把他扶起来，鼓励他说："两条河都过来了，使把劲，前面就到东巷了。"

二人相互搀扶着到了东巷，找到地下党员陆同志的家。陆同志夫妻帮江书记和老张换了衣服，两个人身上的一套单衣冻硬了解不开，只能用剪刀剪开了。然后，陆同志夫妻又把热被窝让给几乎冻僵的江书记和老张。本来应该先用干毛巾擦一擦，使冻僵的皮肤暖和过来，可是，他们冻得顾不得这些，为了取暖，直往被子里钻，顿觉浑身疼痛难熬。稍觉恢复后，考虑到东巷离冯古巷不过一里之隔，离敌人太近，江书记和老张辞别陆同志夫妇，又上路，到离敌人包围圈远一点的姚墩坝小张巷，再到另一位地下党员黄同志家住下。第二天，黄同志去长安桥，了解到敌人已撤除包围，武工队除损失一部分衣物外，所有的人员和武器都没有损失。敌人以2000多人的整编团包围不到20人的一支武工队，竟然一无所获。

　　事后才知道，这次敌人大规模出动包围长安桥地区，是因为武工队的交通员送信去苏北联络站，在过江时被敌人抄出了信。江阴的敌人把交通员押送至无锡城防指挥部，敌人如获至宝，调动了两个整编团，逼着交通员带路，包围了冯古巷、上舍、四二房巷、三二房巷、南园上、张步桥等周围几个村子，并直接到交通员本村的二大房巷搜捕武工队员。敌人天黑时进入这些村子就架起了电话线，放了岗哨，布置了警戒线，然后再步步紧逼，缩小包围圈，满以为这一次被包围的武工队员插翅难飞。没想到我们武工队员发扬革命的英雄主义和大无畏精神，居然在严寒中拨开冰碴子，两渡冰河，跳出了包围圈，这对敌人的气焰又是一次重大的打击。

8.

接引新四军部队到锡北

1938年农历八月的一天，锡澄县委长安区委委员严功伟收到一份电报，内容是：新四军部队已到澄西，准备开到锡虞地区来，以加强锡澄虞的武装力量。电报是新四军江南指挥部东路保安司令员何克希亲自发的，他点名要严功伟前去带路，为部队选择安全的行军路线。

接到电报，严功伟连夜赶回东房桥老家，拿些盘缠，同时了解一下沿途情况。他交代妻子，无论如何不能对别人说出他的去向，然后带了一件防寒的旧长衫，匆匆向堰桥方向赶去。

路过张村陈塘时，严功伟顺便去看了一下沈金和同志，告诉他自己去接引部队了，要他组织群众进行慰问。沈金和听后非常高兴，连连说没有问题，长安桥地区的群众是早有革命传统的，早就盼着自己的队伍来了，这次来一定会做好部队上岸休息食宿的一切准备。

严功伟赶到堰桥，搭上去焦店的快船，一路都在想着接引部队的事，结果到焦店上岸，把长衫忘在船上了。到了焦店联络站，他被告知部队离这里很近，只有四五里路，就在铁山、秦王山西北。

严功伟脚不停步地找到司令部去见何克希。何司令对他说："严功伟同志，想不到你来得这么快，我电报发出去才两天。"

严功伟答："军情急如火，这里外有日寇，内有'忠救'，日久恐怕生变。"

在新四军派来的交通员陪同下，严功伟到达部队驻扎地。一切工作就绪了，只等夜幕降临。天色乌黑，又将下雨，刮着东北风，部队整装出发。在过锡澄公路时，还可以看得见周围景象，到花山脚下时天已黑得伸手不见五指，大家只好用绳子相互牵着走，或者用手搭着前面同志的肩膀走，以防在拐弯时走错了方向。

部队行进速度很快，中间休息时也不许分散，而是原地停下，前面的人枕着后面人的腿，一排溜躺下，手里握着枪，随时准备战斗。前面的人一站起来，后面的人立即被惊醒，不容易掉队。走过小街村巷时，大家放轻脚步，像蛇行一样轻捷无声，谁也没有惊动。

从祝塘、长寿、璜塘一带向锡北行进中，严功伟就派人找来沈金和，叫他分头送信给锡北地区的地下党员。就像一声惊雷天下闻，新四军来到锡北的消息一下子就传开了。

章艳 / 绘

当地群众听说新四军来了，感到格外高兴和自豪。现在的新四军就是当年的红军，穿着整齐的军装，雄赳赳、气昂昂，沿路群众无不夹道欢迎。看到本地人严功伟和叶飞肩并肩走在部队最前面，昂首阔步、谈笑风生，老乡们觉得格外亲切。

部队在大家桥华巷一带住下后，当日，在河南广场举行军民联欢大会。会上严功伟向地方人士把新四军这次的来意和主张讲了一遍。严重儒等乡绅听后都说："你讲得有道理，新四军不是来争地盘的，而是来抗日保家乡的。军纪军风这样好，和民众打成一片，这是王者之师。我们回去就对控制地方武装的国民党杜专员讲，中国人不打中国人，否则我们地方上不答应。"

会后，部队仍由严功伟带路，经长安桥、万安桥向东挺进，在锡北黄土塘与日军遭遇，经激烈战斗，击毙日寇30余名，击毙一名日寇指挥官，首战告捷，鼓舞了锡北人民抗日必胜的信心。

严功伟顺利完成接引新四军部队的任务后，吃了群众慰劳的中秋月饼，仍回到长安参加家乡的武工队抗日斗争。

9.
拨开云雾见青天

1938 年江南之春，杂花生树，绿意盈野。虽然是明媚的春天，但在地下党员徐全林眼里，却是满眼遮天蔽日的凄惨景象。在日本鬼子侵占无锡，家乡沦陷之后，与党组织失散、受尽千般磨难的日子里，徐全林十分渴望得到党的正确领导，帮他拨开眼前的迷雾、重见太阳。

这天早晨，徐全林找到家住长安张村小利市的严镇山，他们是大革命时期的老战友，一起担任过中共无锡中心县委委员，也曾在大革命失败后一起坐过监牢。此时他们看到乡间自发性的抗日自卫武装风起云涌，但鱼目混杂，不乏一些兵痞土匪拉起队伍，借着"抗日保家"的名义，干起了打家劫舍的勾当。面对这样严峻复杂的形势，他们觉得不能消极等待，要广泛联络和汇聚身边的共产党员，迅速开展游击战争、建立敌后抗日游击根据地，打开无锡地区抗日的新局面。

徐全林和严镇山一起商量接下来怎么办。商量来商量去，只有两个方向可以摸索：一是看到上海的《华美晨刊》发了一篇社论，内容有八路军办事处发布的信息，号召散布在各地的党的老同志迅速打入各地的游击武装，广泛开展抗日游击斗争，他们可以以此为行动纲领；二是江阴的朱寿松部队是一支响当当的抗日游击部队，他们可以以此为大本营去联络加入。

在大敌入侵的民族危亡时刻，徐全林和严镇山不顾个人安危，到各地去寻找和发展共产党员，很快形成了一个革命活动小组，成员有十来个人，都是大革命时期的老同志。这些老党员四处发动青年学生参加抗日斗争，先后有十几批热血青年经无锡转往江阴加入朱寿松的抗日部队。严镇山的家成了抗日青年的落脚点，这个革命联络站也一天一天公开起来。

1938 年 3 月的一天，徐全林和严镇山又一起去会见朱寿松。朱寿松对他们说："你们今天不要回去了，上海八路军办事处有一位同志要来我家。"下午 5 时，一位工人装束的同志来到大家中间，他操着一口流利的普通话，自我介绍说："我叫何克希，我受上海八路军办事处的委托，到这里来有三个目的：第一是要了解朱寿松部队究竟有多少武装力量；第二是听说江阴、无锡有许多老同志帮助朱寿松的部队扩大发展，我和你们都没有见过面，我来向你们这些老同志问好；第三是将我军当前的形势向你们介绍一下。"

　　这个座谈会一直开到深夜 12 时，足足开了七个小时。徐全林和严镇山都深受鼓舞，进一步认清了当前的局势，以及抗战力量如何联合起来的问题。谈到队伍内部的困境时，朱寿松认为自己还可以对付，但实际上早已是引狼入室了。何克希当场宣布徐全林、严镇山两位同志直接加入朱寿松的部队，这样便于开展工作。

　　朱寿松的部队本来就成分复杂，混进了许多不纯分子，有"复兴社"的，有特务分子；朱寿松部队接受"忠救"番号后，国民党又派进了军事专员、参谋长和教练。这样，本地的和外来的两

鲁佳怡 / 绘

股反动势力逐渐勾结起来，狼狈为奸，大有架空朱寿松之势。朱寿松心里十分清楚，充满了危机感。有了徐全林、严镇山的加入，朱寿松能及时与党组织接洽，化解了不少危机。

　　大约是 7 月中旬的一天，朱寿松的司令部驻扎在坞墩。那天是个乌黑夜。徐全林、严镇山和朱寿松夫妇以及警卫员住在河的一面，军事专员袁亚成等人住在河的另一面。深夜 3 点左右，朱寿松夫妇和警卫员都睡熟了，但徐全林、严镇山睡不着。就在前两天，朱寿松找他们商量，说："我一定要赶走袁亚成，不能让他在这里捣鬼了！"徐全林、严镇山表示赞同，并建议采取强制措施，由朱寿松带领卫士去缴掉他的枪。朱寿松就带了于斌德去，袁亚成正好在洗澡，所以很容易就把他的枪拿掉了，但在缴袁亚成的卫士老王的枪时，于斌德的盒子枪反被老王抓住，两人争夺起来相持不下。听到争吵声，袁亚成趁机逃脱。

　　落荒而逃的袁亚成一定会着手策划攻击朱寿松的阴谋。徐全林、严镇山警惕性很高，睡觉不敢闭眼，竖起耳朵聆听四周的动静。忽然，他们听到河对岸有拍手的声音，觉得苗头不对，再一听，果然有不少人的响动。他们马上叫醒了朱寿松夫妇等人，一起到河边竹林里细听，只听到脚步声、嘈杂声一阵紧似一阵。徐全林、严镇山让朱寿松带着妻子先走，他们留在后面，徒手走出去，装作什么都不知道，遇到盘问就说是老百姓。

走出敌人重围后，徐全林、严镇山快马加鞭到中共锡澄虞工作委员会向何克希书记汇报。何书记亲临朱寿松驻地指导，迅速收拢部队，重新组建司令部，为加强政治工作和群众工作，专门设置了政治部和民运工作队，徐全林担任政治部主任，严镇山担任民运工作队队长。

就这样，无锡的抗日游击基点初步形成，发展了由我党掌握的真正抗日救国的武装力量。后来这支部队被整编进"江抗"，给日伪军以沉重打击。

10.
谭师长的指示

　　初秋季节，锡北大地田野一望无际，葱绿的稻海在阵风中翻起滚滚波浪，早稻已经吐穗，晚稻也在含苞欲放，真是一片丰收在望的景象。一个放牛娃一面放牛，一面哼着山歌，两只明亮的眼睛一刻不停注视着要道口。他在执行儿童团交给他的任务。锡北区委委员、璜（塘）马（镇）区区长姜革新，怀着既高兴又疑惑的心情，走在去往新四军第六师司令部的路上。时任第六师师长兼政委、苏南区党委书记的谭震林要亲自接见他。谭师长会跟他交代什么革命任务？姜革新束装抄近道，恨不得马上飞到司令部。

　　到了司令部落座后，谭师长就开了一句玩笑："区长做不成了。"姜革新随口答了一句："做不成区长，还要继续革命下去嘛！"

　　接着，谭师长分析了日伪军"清乡"的形势——东起浏河，西至江阴江边，京沪铁路、锡澄公路、锡沪公路以及根据地周围其他交通要道都扎起竹篱笆，相距数百米就有一个碉堡，建成若干封锁圈，封锁水陆交通，进行分区"清剿"。敌人在各村各巷的两头都设了瞭望台，强迫百姓日夜瞭望，看到所谓"坏人"，必须鸣锣捕捉。敌人出动大量兵力，采用闪电战术，从四面八方围击这一地区的新四军主力和抗日领导机关，妄图以千万重的包围一举消灭这里的共产党和新四军。

形势十分严峻，谭师长指出：根据苏常太正面武装反"清乡"斗争受挫的教训，我部队必须撤出"清乡"区进行外线作战，保存实力，避免过大损失；同时必须留下部分同志就地进行反"清乡"斗争，打击敌人，稳定民心。

听完谭师长的分析，姜革新心里七上八下：谭师长是要我留在本地打游击？部队为什么不带我走呢？难道因为我是本地人就必须留下来？

谭师长好像看出了他的心事，直截了当地对他说："我找你来有两件事。第一，我们主力部队要西撤了。你要率区常备大队配合主力部队突破锡澄公路封锁线，发动与组织群众破路，打开一个缺口，让部队顺利通过。第二，你要留在本地，像麻雀一样，跳东跳西地打游击，坚持到我们胜利回来。"

对于第一件事，姜革新毫不犹豫，拍着胸脯回答："首长放心，我一定完成任务！"对于第二件事，姜革新有顾虑，他用恳求的语气说："我已是'红面孔'，应该跟您走，跟部队走，在主力部队里锻炼成长。我文化水平不高，能力不足，仅靠两支枪，恐怕担当不了党交给我的任务。"

听完姜革新的话，谭师长从抗日的形势、党的任务、坚持东路锡澄虞地区抗日武装斗争的重要意义等方面谆谆教育，说服姜革新"不走为好""留在本地，坚持反'清乡'斗争"。同时，谭师长高瞻远瞩地说："东路、茅山、苏北三足鼎立，这'三足'中东路这一'足'举足轻重，在反'清乡'斗争中，只要我军能坚持下来，就是个大胜利。"他热情地鼓励姜革新说："党信任你，我信任你，你一定能坚持下来。我们共产党人有一双手，有两个

张扬 / 绘

拳头，一定要打出一个天下来！"

姜革新被谭师长真挚、坦诚和热情洋溢的语言所感动，连声说："好！好！坚决服从党的决定，坚决执行首长的指示。"

随后，谭师长对留下来如何活动作了具体指示，他又拿起笔开了一张条子，叫姜革新到财经委员会领 500 元活动经费，并交代他在完成收集情报和破坏日伪军在锡澄公路上野蛮修筑的竹篱笆封锁线任务后，第一时间去锡澄虞中心县委钱敏同志处报到。

返回区里后，姜革新立即召开会议，部署打开锡澄公路封锁线缺口事宜。他们把地点选择在江阴塘头桥北面，组织常备大队和当地群众破路，大破竹篱笆，打开一个大缺口，使新四军第六师顺利通过。

从此，姜革新一直以谭震林师长的讲话鼓励自己。身处白色恐怖区的他经历了腥风血雨和刀光剑影，出色地完成了党交给他的重要任务。

11.
留得青山在 不怕没柴烧

1939 年到 1941 年，季文广在锡北地区负责的交通站，承担接待、转送新四军来往人员，以及部分同志修养时期的照顾和膳食提供工作。他走村串户，秘密联络中共地下党员，还经常召集党员在家里开会，烧茶做饭都是妻子江景秀的事情。

为了躲避敌人的耳目，江景秀出了一个主意，在西面的柴屋里用车杆、竹竿搭起一个框架，上面和四周严严实实堆上稻草，临时搭成一个用来藏人的隐蔽室。白天不让大家走出隐蔽室，大小便都在室内解决，她随时端出去倒掉。她还经常和只有七岁的小儿子在大门外和房顶上站岗放哨。同志们就这样白天躲在柴垛里，夜间出去进行抗日活动。因此，江景秀被大家亲切地称为"我们的好大嫂"。

1942 年正是抗日战争进行到关键阶段的一年。就在这一年的初秋，敌人对苏南锡澄虞地区的"清乡""扫荡"更加疯狂，鬼子和汉奸密探，像饿狼一样到处搜捕新四军人员、地方干部。季文广被列为要抓捕的重点人员之一。

这天，江景秀听到敌人在院门外大声喊："这是不是季文广的家？"她急忙跑到院门外，镇定自若地说："这就是季文广的家，他不在。"其实，季文广刚从房顶上跑出去，趁敌人在家中搜查时，他早已转移了。如果当时江景秀惊慌失措，一定会引起敌人的疑心。敌人一看季文广不在家，就拿着一块银元对站在江景秀身边的小全林说："你说季文广在哪儿，说了给你银元。"小全林哇的一声吓哭了，敌人恼羞成怒，一把抓起小全林准备带走。邻居怒不可遏，急忙跑上前抢过小全林说："你们这是干什么呢？这是我家的孩子，别把孩子吓着了。"敌人无可奈何，只好悻悻而去。

当天晚上，江景秀预感敌人不会善感罢休，一定会将魔爪伸向她和孩子们，于是就稍事收拾，连夜带着两个年幼的儿子（全云11岁、全林9岁）外出躲藏。他们白天在稻田里拾稻穗、挖田螺，晚上就在甘稞丛或坟堆中过夜，饿了吃预先带的麦饼，渴了就喝河水。

这样过了几天，麦饼吃完了，肚子饿得难受，江景秀想着到附近亲戚家里弄点吃的。可是，她刚走到寨门村口，就被巡逻的鬼子和汉奸发现了。有人认出她是季文广的妻子，便把枪敲得咔咔作响，问她季文广在哪里。她咬紧牙关一口咬定不知道。江景秀被敌人用枪托和皮鞭抽打，她的堂嫂上前护着她，也被鬼子掀倒在地。

全云和全林等到天黑，也没看到母亲归来的身影，抱头痛哭了一晚上，思来想去，走投无路，决定投奔小娘舅。小娘舅江祥根当时只有十五六岁，在30里外的蔡巷上一家做养子。小娘舅和大外甥，年龄相差不大，有种说不出的热络感。听说日本鬼子要抓两个外甥，小娘舅坚持把他们留下来，说只要不出门，不会有人知道的。

不料，第三天早晨天还未亮，小娘舅家的大门就被拍得震天响。等开门后，一群如狼似虎的日本鬼子、汉奸密探冲了进来，问小娘舅的养母和爷爷："小新四军在哪里？不说就吊起来打。"

眼看舅婆和太舅公要吃苦头，全云、全林于心不忍，便走出来对敌人说："与他们无关，我俩跟你们走。"

就这样，鬼子没有行凶，把兄弟俩押送到了西阳桥。为逼迫江景秀就范，日本鬼子将兄弟两人作为人质，要她去找季文广来投降，以赎回两个儿子。作为母亲，江景秀担心两个儿子遭遇不测；作为妻子，她明白丈夫不会因失去子女而影响自己的抗日斗志。眼下，她不妨答应敌人的要求，不跟他们硬顶。一来可以见全云、全林一面，二来可以找机会摆脱敌人的监视。

听说江景秀愿意帮他们找到季文广，日本寺岗中队长亲自见了江景秀，还用中文写了一封信，大意是叫季文广到日寇那里去

"大团圆"，并且"大大的官位"已在等着他。

西阳桥的一间破民房里，关着江景秀的两个孩子以及他们的二十多个亲戚。日本鬼子对抓来的人，不给饭吃，一牢房的人被饿得连说话的力气都没有了。幸亏有西街附近的百姓每天送一大桶粥到牢里，大家才不至于饿死。

快到冬至了，牢房里寒冷潮湿。江景秀两眼红肿，含着眼泪给全云、全林每人送来一件长棉衣，并交代：白天当衣，晚上当被。在这生死关头，母亲还冒险送棉衣来，兄弟俩感受到了温暖和鼓励，同时感到惊讶：母亲怎么会来探监？

在群众的掩护下，江景秀机警地摆脱了敌人的监视。不久，她在锡澄路西界泾圩里张同志家中找到了丈夫。季文广听到无辜的孩子、亲友因他而被捕的消息后，心里是何等地难受啊！对他们的生死安危怎能不担心呢？江景秀更是舍不得两个儿子，但是多年受丈夫的影响，她懂得革命与家庭的关系。所以最终夫妻俩统一了思想：为了国家和民族的利益，应不惜牺牲个人的一切。后来在党组织的安排下，夫妻俩分别秘密渡江去了苏北根据地。

1943 年春，中共苏中三地委书记、新四军一师一旅旅长叶飞同志和夫人王裕庚同志亲自接见了季文广和江景秀夫妇，并用"留得青山在，不怕没柴烧"来慰勉他们。

沈维亦 / 绘

12.
太湖突险

1943 年 9 月，我党锡澄虞县委得到情报，敌人要"围剿"马山岛，企图把驻扎在马山的太滆地委困死。锡澄虞县委马上派出交通员到马山寻找中共太滆地委的同志。中秋前夕，交通员找到了设在无锡和宜兴交界处的太滆地委一个交通站的负责人老陆同志。老陆同志手下有五条船，负责地委和苏西、锡南、浙西、宜北、武南、锡澄虞等地的交通联络。

9 月 14 日，正是中国传统节日中秋节。老陆和同志们刚刚完成了一个重要任务，还没有接到新任务，拖家带口的船民们就驻扎在锡宜交界处的一个临时交通站。同志们买了一些肉，准备吃过中秋晚饭，就驾船和锡澄虞县委派来的交通员一起上马山。

虽说在过节，但老陆总是放心不下驻扎在马山的地委机关，他一直在太湖边独自徘徊。突然，一阵密集的机枪声、步枪声划破夜空。老陆凭着多年的游击战斗经验，立刻意识到有敌情。他心想：万一敌人重兵围困马山，而地委机关的船都在我这里，我们在马山的各机关就没有办法撤出来。怎么办?

老陆当机立断,马上联系了所有的交通船,动员船民们返回马山,听候命令。船民们全家老小都在船上,担心在回马山的湖面上碰到日本鬼子,那可能就会全家遭殃。但是,经过一番思想斗争,船民们一致同意返回马山。锡澄虞的交通员也藏进一条交通船里。

有个船民叫阿发,是个不到三十岁的小伙子,夫妻俩带着一个孩子,撑着一条十四五吨的大船,不声不响地出发了。只见阿发使劲拉开两道风帆,把着舵,看着远方,精神抖擞,向湖中心破浪前进。紧接着,几条交通船每过半个小时左右就出发一条,从左边或右边往马山迂回前进。老陆松了一口气,驾起自己的小船也开始往马山进发。

突然,只听湖中心日军汽艇的马达声由远及近,看到船只就是一通机枪扫射。无奈之下,阿发和其他船民的交通船都只能退回来,几条船的船帆也都被鬼子打穿了四五个洞。原来,只要有船只往马山方向去,鬼子就会开枪封锁。老陆明白,鬼子是用汽艇在湖面封锁马山,那么,山上一定在"大扫荡"! 想到这里,老陆心急如焚。他召集船民们说: "同志们,马山的地委机关被敌人包围了,山上的船大部分都在我们这里,我们要千方百计回到马山,一定要把太湖地委机关转移出来。"

　　老陆决定自己乘坐第一条船向马山进发。他特意关照阿发，一定不要扬帆，看到鬼子的汽艇一定要停下捕鱼，远离鬼子后再加速赶路。老陆换上了一身肮脏破旧的渔民衣服，往脸上抹了很多锅灰和泥浆，带上锡澄虞的交通员，把交通员化装成一个病恹恹的老头，让他躺在船舱里，装作是阿发孩子的爷爷。为了避免引起鬼子的怀疑，老陆把行灶点燃，煮起了一锅鱼汤。一会儿，老陆发现一艘鬼子的汽艇在湖面上，他让阿发夫妇装着捕鱼，主动向鬼子汽艇的方向靠近，以掩护其他船只开过去。等到接近汽艇时，鬼子端着枪，叽里呱啦说了一大通鬼话，意思是停船检查。阿发夫妇有点发慌，老陆暗示他们别紧张，只管撒网捕鱼。鬼子跳上渔船的船头，看见一对年轻渔民在撒网，老陆在行灶里加柴煮鱼，没有看见睡在船舱里的交通员。鬼子对着老陆喊道："你的，过来，过来！"老陆心里也紧张，一边看了一眼藏在船舱底下的驳壳枪，一边用眼神让阿发夫妇不要慌。鬼子问道："你的，为什么不撒网捕鱼？"老陆灵机一动，回答道："弟弟、弟媳捕鱼大大地厉害，一看水面就知道哪里有鱼、哪里没有鱼。我的，正在向他们学习。"老陆一边打开锅盖一边说："太君，刚刚捞上来的大白鱼，新鲜的，尝尝，尝尝。"一个鬼子用刺刀在锅里挑，果然挑出了一条大白鱼，闻了闻，回头对汽艇上的鬼子喊道："喂，这里有鱼汤！味道的没有，我们有酱油！"

汽艇上的鬼子连声说："哟西，拿上来，加调料，米西米西。清酒，清酒。"就这样，鬼子把鱼汤端到了汽艇上。老陆假装着急，大喊："把铁锅还给我，我们还没有吃饭呐！"鬼子根本就不理会，把汽艇向湖边开去。就这样，老陆引开了敌人的注意力，其他船只都加紧往马山行驶。

天黑以后，老陆带领的交通船全部回到了马山的耿湾湖边，静静地待命。老陆连夜与太滆地委首长联系，锡澄虞的交通员也与太滆地委接上头。首长喜出望外，马上组织地委各机关撤退。经过一天的反"扫荡"战斗，同志们又饿又累，伤员很多。

顾逸荧 / 绘

由于老陆当机立断，带领船民们、交通员与日本鬼子斗智斗勇，把交通船开回马山，将太滆地委机关的报社、电台、军政干部训练班、卫生队、枪械服务所和独立六团学兵队共计一百几十位战士和首长，还有部分军需物资、枪支弹药一起突围渡出马山岛，敌人封锁围歼我太滆地委的阴谋彻底被粉碎了。

13.
芦花荡里的古湾党支部

1940 年，新四军第二次东进，新四军首长带领"江抗"部队进驻锡北地区，在长安桥的古庄也建立了秘密交通站。

1941 年冬，日寇"大扫荡"，新四军北撤，部分没有暴露身份的共产党员留下坚持地下斗争，两年后在古庄小学建立了古湾党支部。1945 年 4 月起，古庄成为中共锡澄县委领导下的中共长安区委的常驻地。抗日战争和解放战争时期，古湾党支部与古庄人民结下了深厚的鱼水之情，留下了很多军爱民、民拥军的感人故事。

古庄有很多芦花荡，就像是无锡长安桥的"沙家浜"。芦花荡深处有一个自然村叫潘巷上，四面环水，只有几户人家，古湾党支部的秘密联络点就设在那里。潘巷上是党的基本村之一，党群关系密切，有好多在战斗中负伤的新四军战士在这里养伤，一旦发现敌情，马上会有各种暗哨通过消息网络报告部队；农民卸下门板当病床，用捕鱼的小船掩护革命同志转移。

有一位党员叫李洪章，是古湾党支部与新四军苏北根据地的交通员。

有一次李洪章接到上级任务，要为苏北根据地筹措一批药品和经费。李洪章接受了任务，回到家乡无锡长安桥。

李洪章化装成渔民，背着黄鳝篓，穿村走巷，与地下党和进步的商贩、资本家取得联系，终于筹集到一大批药品和经费，还有一些银大洋。他就像蚂蚁搬家，在黄鳝篓底下做了隔层，一点一点地把药品和财物运回古庄的家，找一块不起眼的桑树田埋了起来并做好记号。

七八天过去了，李洪章把所有的经费和药品都拿到了古庄，然后向古湾党支部汇报。党支部决定当天夜里在潘巷上召开秘密会议，商量把经费和药品运到苏北根据地的行动计划。不料，会议开到一半，有上百个日本鬼子和汉奸偷偷摸到通往潘巷上必经之路的小木桥边上，埋伏在桑树田里想要深夜袭击党支部。原来是有汉奸告密。

幸好，古湾党支部派出去的一层层暗哨已经发现了敌人，马上通过消息网将信息传递到潘巷上。李洪章和古湾党支部当机立断，把所有同志分成两队，一队带着军费物资和药品悄悄转移；另一队把所有手榴弹集中在一起，四五个一捆，等转移军费药品的队伍走远了，一声令下，打开大门冲到河边，将一捆捆手榴弹迅速投到小河对面的桑树田里，采用声东击西的战术迷惑敌人。

李洪章他们避实击虚，趁着鬼子摸不清底细，组织两队人员在白荡湖边早就准备好的小渔船上会合，向江阴地界摇船而去。

新中国成立后有一年，江苏省委书记包厚昌同志，就是曾经的新四军首长之一，见到了李洪章，还时时提起这一次特殊的战斗，夸奖李洪章机智勇敢，圆满完成了保护运送军费物资的艰巨任务，为当时苏北根据地的建设作出了重要贡献！

芦花荡

张珈绮 / 绘

第二篇

杀敌

1.

《文汇报》发文锄奸

抗日战争胜利后，我党武装部队曾北撤至长江北岸。然而，国民党公开撕毁《双十协定》，内战全面爆发。1946 年 9 月，锡澄武工队奉上级命令，分批进入锡澄地区。

当时的无锡成立了国民党锡澄联防办事处，敌人狡猾地布下了恶毒的棋子，起用"地头蛇"，用本地人打本地人。他们任命日伪时期的"忠救"老土匪郁锡如为办事处主任，汉奸、"忠救"土匪顾小海为副主任，另一个副主任是江阴文村的陈肖平，也是"忠救"老土匪。这三条"毒蛇"早在抗日战争时期就占地为王，各霸一方，收罗门徒，训练爪牙。他们各自形成恶势力，而且有长期与我党、我军为敌的经验。他们的部下大都是亡命之徒，狡猾狠毒，且有一定的军事技术，如打枪较准，其战斗力比一般的保安队和警察强。敌人千方百计企图在锡澄武工队立足未稳时就"吃掉"他们，以锡、澄两县两个保安大队的五个中队为机动兵力，还配以各区、乡的自卫队，布置了整套特务组织，特别是反动的"三青团"组织，到处渗透，以对付我地下党。

这个联防办事处是锡澄武工队的心头之患。为了从政治上、军事上打垮这个联防办事处，锡澄党组织作了比较细致的分析研究，当时分析认为这三条"毒蛇"中名声最臭的是顾小海，他为人狡猾，武工队曾组织过几次打击行动，但是都没有碰上他。所以在继续组织军事打击的同时，也要设法从政治上打垮他。

1947年3月4日，锡澄地下党组织用许仲坚、杨奇伟的化名，向上海《文汇报》投寄读者来信。《文汇报》于3月16日第七版《读者的话》栏目刊载了这封来信，原文如下：

抗日烈士含冤莫伸 汉奸国贼卷土重来
国法何在？民族正气何在？
无锡"四天王"的顾小海竟做起联防副主任来了

编者先生，我们有一件不敢相信的事，但事实又明明放在我们面前，我们愤怒得连话都说不出了，我们含着满腔的热泪，向社会伸诉，素仰贵报主持正义，希代为刊出，不胜感激。

前几天八士桥镇上驻了一批部队，据说是四区联防办事处，老百姓对于这些本也不值得如何惊奇，但这个办事处副主任的名字一宣布，老百姓则丈二和尚摸不着头，街头巷尾，议论纷纷。"顾小海"——这个臭名远播、万恶不赦的汉奸头子，竟在抗战胜利的今天，摇身一变，而来当联防办事处的副主任了，国法何在，民族正气何在？

顾逆小海，是本邑东北人，本邑沦陷后，顾逆与过逆永华，向为董逆惠民之徒，盘踞于芙蓉山一带，收罗门徒，奸淫掳掠，民众受其害者，何止万计。震惊无锡敌伪的抗日烈士尤国桢先生，系一出色的英勇志士，有名的石塘湾袭击敌人火车，和华盛顿饭店击毙两敌军官，无锡人民，莫不尊敬，而竟遭黄、过、顾三逆之忌，于民国廿八年七月由黄逆计划，被顾逆亲手击毙，而更残忍的是连尤先生的夫人，也一起杀死了。

民国卅一年秋天，过、顾二逆，在无锡竹场巷城外宪兵队，杀害抗日志士，不知凡几，助敌清乡，使人民损失惨重，当时与王逆胜泉（即硬毛豆），尤逆觉根，号称"四天王"，老百姓对此四逆正有谈虎色变之慨。

于卅三年秋，敌人处境日益不利，国军反攻已渐迫近，为了搜括物资及防我反攻起见，故将抗战前国军所造的炮台，尽行拆毁，无锡东北乡几十个炮台都一手毁于过、顾二逆之手。

　　抗战胜利，过、顾二逆匿居上海，藉做汉奸搜括来的钱，大做生意，度其舒畅日子。最近过逆尚隐隐现现，而顾逆则摇身一变，当起联防办事处的副主任了；而且带领旧日侍从，威风实不减于往日。

　　尤国桢先生的血债未偿，拆毁国防的账没有算，而罪大恶极的汉奸国贼，又跨到我们老百姓头上来了！

　　我们要求严惩杀害抗日烈士的凶手，以慰先烈。

　　我们要求严惩拆毁国防的汉奸，发扬民族正气。

读者许仲坚杨奇伟上三月四日

艺童／绘

　　慑于舆论压力，加之敌人内部也有矛盾（主要是少壮派的"三青团"与老牌汉奸之间的矛盾），无锡县政府于3月底正式宣布，撤销顾小海锡澄联防办事处副主任的职务。

　　当时的张村区敌区长金海宝（"三青团"特务）与顾小海争权夺利，矛盾较深。金海宝要在辖区内收捐、收税（壮丁费、保甲费等），顾小海也要在金海宝管辖的地区收捐、收税（联防费、巡逻费等），金海宝对此十分恼火，带着区自卫队收缴了顾小海的枪支。金海宝有"国军"背景，后台硬，而顾小海名声很臭，自然不是对手，便销声匿迹，带了几个手下、几支短枪，重操土匪行当。3月中旬，我澄南武工队又在文村茶馆里镇压了锡澄联防办事处副主任陈肖平，处决了这条"毒蛇"。这样，锡澄联防办事处三条"毒蛇"已去其二，剩下一个郁锡如已孤掌难鸣，这是武工队排除障碍、打开锡澄新局面的重要一步。

2.
吉祥桥堍

1947 年夏天的一个下午，骄阳似火。无锡城北吉祥桥堍边上，一只大黄狗躲在树荫下伸着舌头喘气。

这时，一艘小木船慢慢地靠到北面河滩头，船上装的都是西瓜和香瓜。一个中年男子戴着草帽，下船到岸上，嘴里吆喝着："卖西瓜喽——卖香瓜！"他一边喊，一边向吉祥桥上走去。桥南走过来一个国民党军官，对他那船农喊道："喂，卖西瓜的，多少钱一斤？"对方答道："好说好说，长官要多少？多买价钱更便宜，您看着办。"说着，两个人走到桥中央，那个军官掏出烟盒，点了一支烟，指着船上的西瓜、香瓜说："看着这些西瓜、香瓜还不错，我都要。我现在要去大洋桥那边的月宫大酒店办点事。你把瓜挑一挑，要一担西瓜、一担香瓜，挑好后在桥上等，大概半个小时城防司令部的长官就会到，你跟着他把瓜送到他要去的地方。"说完，那个军官就走了。

原来，那个军官是打入敌人城防司令部的地下党员，这次是按照组织安排配合武工队执行一个锄奸计划，把锄奸对象行踪的情报巧妙地通知给那个船农。而那船农和小木船里的几个农民都是执行任务的锡澄武工队的队员。

在国民党反动派统治时期，首都是南京。为了维护国民党反动政府在江南的残暴统治以及满足打内战的需求，敌人在我们这个鱼米之乡锡澄虞地区加紧征兵、征粮、征税，搜刮人力、物力、财力。南京卫戍司令部在无锡成立了一个"清剿"指挥部。1947年8月下旬，敌无锡"清剿"指挥部又组织了一次联合"清剿"。在锡澄地区，敌人就集中了2000多兵力，动用了宪兵、保安队、警察和突击队、行动队等武装，还有南京卫戍区青年军二〇二师，时间持续了半年。他们采用当年地下党打击日本侵略者的方法，"以游击战对付游击战"，还用"本地人对付本地人"的策略，分地区"清剿"地下党和武工队。而我们的武工队在广大无锡人民的配合下，经受住了这次反"清剿"斗争的严峻考验。

执行这些罪恶计划的敌人中有一个姓富、绰号叫"富腰包"的督察官，是从南京卫戍司令部派到无锡来的。因为每一次"清剿"他都要自己先捞上一大笔，所以绰号"富腰包"。这个敌人阴险狡诈，贪得无厌。每一次开展所谓"清剿"他都亲自带队，老百姓家里大到一头猪，小到一粒米，他都要搜光抢光。老百姓对他恨得是咬牙切齿！

为了打击敌人的嚣张气焰，锡澄县委决定在无锡城区和锡澄地区消灭一批有血债、罪大恶极的国民党军官和保安队、伪警察中的地痞流氓。而这艘小木船来到吉祥桥，就是为了除掉罪大恶极的督察官"富腰包"。

武工队员和国民党内部的地下党已经接上头，知道"富腰包"大概半个小时后就会到吉祥桥。地下党对他的行动了如指掌，知道他中午喝过酒，就会到大洋桥月宫大酒店去喝茶听曲。而从城里到大洋桥，吉祥桥就是必经之路。武工队员们把两担西瓜和香瓜挑到桥上，提前准备好一辆黄包车，嘴里吆喝着"卖西瓜、卖香瓜——"，就等着"富腰包"前来送死。

一会儿工夫，一辆豪华的黄包车来了，车里坐的就是"富腰包"。武工队员们相互作暗示。而那戴草帽的中年男子正是长安武工组组长老陆。老陆走到桥中央，大声喊："长官，长官！"

"富腰包"叫车夫停车，不耐烦地问道："大呼小叫的，什么事？"老陆假装点头哈腰："长官，您是富长官吧？刚才过去的一位长官，不知道是不是您的勤务兵？他买了这两担西瓜和香瓜，叫小的在桥上等您，说是您要拿去送人。""富腰包"感到奇怪，又一想，前几天是有个无锡的警察，专门来和他拉关系、攀朋友，目的就是想要抱京城里来的大官的"粗腿"。"富腰包"得到好处，就把那个警察调到了城防司令部当排长。他想：怪不得都说"刁无锡"，这无锡人就是刁，刁得精明。

"富腰包"哈哈大笑："好好好，跟我走，把瓜送到月宫大酒店，让那些唱小曲的妹妹吃。"于是，老陆和武工队员们拉着装着西瓜和香瓜的黄包车向大洋桥走去，"富腰包"也坐着黄包车，跷着二郎腿跟在后面。

在大洋桥前面快要上坡时，老陆他们故意把车一歪，西瓜、香瓜全部翻掉，有的都滚到了桥洞边上。两个武工队员假装下到桥洞边，老陆又跑到"富腰包"面前点头哈腰地连声说："对不起！对不起！"那"富腰包"一边下车，一边嘴里骂骂咧咧，一把抓住衣服把老陆抓了过来，老陆顺势把他一撞，两个人一起滚到桥坡下。说时迟那时快，武工队员马上绑住"富腰包"的双手，用一块烂棉絮堵住了他的嘴。老陆取出藏在包袱里的驳壳枪，又用几片麻袋布包住枪口，抵住"富腰包"的前胸，"嘭"的一声闷响，结果了这个横征暴敛、穷凶极恶的反动分子的性命。

大洋桥桥洞里，早就停着一艘小木船。武工队员们把扁担、箩筐收拾好，摇着小木船向城外驶去。船驶到郊外时，他们听到了敌人的警报声，想必敌人一定又是关城门搜查，到最后还是一无所获。

金铭君 / 绘

3.
长安桥灯会锄奸

中共锡澄武工队武工委委员、武工组组长严柏生有个隔房兄弟严德良，幼年时相处尚好，抗日战争开始后就分道扬镳了。严柏生参加革命并成为锡澄武工队武工组组长，严德良为敌卖命抓壮丁、抢粮食、横征苛捐杂税等，成为日军自卫队队长。严柏生曾写信对严德良提出过警告；严柏生的爱人许文珍，是抗丁抗粮的积极分子，也曾在群众中揭发过严德良残害人民的罪恶。对此，严德良早就怀恨在心。

1945 年春天的一天，严德良得到情报，得知严柏生在家，便带领自卫队去包围搜查。当村里有人发现敌情并告诉严柏生时，自卫队已包围过来，前门已出不去，情况万分危急。许文珍急中生智，叫严柏生从房后跳窗，沿墙至田野中隐蔽。许文珍挡在前门外，佯装扫地，拦住了严德良，以拖延时间，让严柏生撤离。严德良问："严柏生在哪里？"许文珍沉着回答："不知道。"严德良气急败坏，用枪对着许文珍并说："你再说不知道，就打死你！"许文珍毫无惧色，连说三声不知道。严德良随即举枪射击，许文珍倒在了血泊中，为了掩护严柏生撤离而英勇牺牲。严柏生在墙后听到枪声，悲痛欲绝。回到部队后，他发誓要消灭伪军，活捉严德良，以告慰许文珍的英灵。

1947 年的元宵夜，长安桥闹灯会。按照灯会习俗，百姓们"走三桥"可以使手脚轻健。长安桥镇上有三座桥，即万安桥、保安桥和长安桥。"走三桥"时要用药草拍打左右肩背，叫"掼油肩"，可保平安。成群的小孩手举稻草火把在自家田里一边奔跑，一边唱："正月半，放田财，田财田财到我俚来，我俚田里收三担半，别人田里收三木碗。"

据地下党情报，国民党锡澄联防办事处主任郁锡如的情报员何阿狗和原来做过日军自卫队队长的严德良也在看花灯。这两条恶狗在长安地区到处搜集武工队的情报，破坏武工队的宿营地和抗丁抗粮小组的活动，作恶多端，又异常狡猾，群众十分痛恨，严柏生更是国仇家恨满胸膛。为除掉这两个祸根，锡澄武工队立即作了周密部署。考虑到长安桥灯会人多，镇上还有敌人据点，决定力求不开枪，一是不要惊动敌人，二是不要影响老百姓看花灯。

灯会开始后，武工队员混入人群中分头寻找这两个人。大家约定一旦发现他们的行踪，就放两个炮仗，其他武工队员就会向炮仗的位置靠拢。大概一个小时时间，严柏生就在保安桥的河边发现了他们。按照约定，严柏生稳住自己的情绪，发出信号。七八个武工队员立即向保安桥靠拢。

街市上百姓们玩灯、赏灯，手执花色繁多的狮子灯、虾蟆灯、走马灯、球灯往来游行。桥边有许多人搭台表演翻跟斗、豁虎跳、跳百索等节目，非常热闹。

当两条恶狗发觉武工队员时，想混在人群中逃窜。严柏生大喝一声，和另两位身高力大、眼明手快的武工队员一举擒获了严德良和何阿狗。武工队员用手枪顶住他们的腰部，叫他们老实点，跟着走。敌人吓昏了，只能乖乖地跟着走。

这次行动很顺利，不费一枪一弹，抓住并处决了两条恶狗，清除了隐患。此后，在武工队员中流传着长安桥灯会锄奸的美谈。

4.
武工队别传

    1942 年 4 月，在锡澄虞中心县委的领导下，锡北工委成立，由陈凤威同志任书记，率领武工队开展锡澄反"清乡"斗争。中心县委对武工队的性质讲得很明确："我们深入到敌后的小部队，是一支由中国共产党领导的不穿军装的抗日队伍，既是战斗队，又是工作队和宣传队。"武工队的任务就是在敌人统治区内，在广大人民群众的支持下，大力捕捉、打击铁杆汉奸，摧毁或改造伪政权；以广泛深入的发动工作，在敌人后方重新燃烧起抗日的火焰，开辟、恢复、扩大根据地，缩小敌占区。

    武工队驻扎在古庄湾斗里。这个村子就像水泊梁山，背靠湖塘里，周围是青龙白荡滩，地势十分隐蔽。这是个红色村子，村里有一家孵坊，实际上是地下党的老宿营地和交通站。

    武工队到处活动，今天打埋伏、袭据点、摸哨兵，明天撒传单、割电线、捉汉奸，扰得敌人惶惶不可终曰。常常是汉奸特务一出据点，群众马上送来情报，好像到处都有武工队的耳目，因此他们打得准，打得狠，让敌人闻风丧胆……武工队的传奇在不断地上演，敌人的"清乡"蚕食政策终于被打破。

活捉"湖南佬"

已伪化的"忠救"陈肖平手下有个得力干将，此人是个彪形大汉，一双脚板就像"棺材板"，操着湖南口音。因不知道他的名字，群众就称他为"湖南佬"。陈肖平杀人，无不经过其手，他是个杀人不眨眼的坏蛋。敲诈勒索也是他的拿手好戏，群众对这个"湖南佬"痛恨至极。

有一天，"湖南佬"出来刺探武工队活动情报，经过斗西大家桥后，向西河头方向走去。大家桥的群众马上报告了武工队，武工队员立即前去伏击，不少群众也扛着锄头和扁担相助。当他走近时，一声暗号下，大家蜂拥而上，把这个刽子手结结实实地捆了起来，然后送进山坳接受人民的审判。

怒斩"白面鬼"

一天，群众报告东房桥的汉奸李凤仪从八士桥据点出来了。武工队一听高兴极了，正要找他算账呢，于是马上派队员埋伏在桑树田里。

汉奸李凤仪原是个地痞，长着一张奸臣相的脸，人称"白面鬼"。他 1940 年认"忠救"张鹤亭为干爹，多年来告密、残害地下党员，欺压人民，无所不为。

李凤仪穿着纺绸短衫，驼着背，像明代大奸臣严嵩府上的花花公子出来游春似的，从据点中摇摇摆摆走出来。真是"仇人相见，分外眼红"，当他走到埋伏点时，武工队员一跃而出，枪口对准他的胸膛："喂！李先生，到桑树田里歇一会儿吧。"武工队员一面讲，一面用手抓住他的脖子，像老鹰抓小鸡似的将他拖进桑树田。因为是白天，也来不及审，又不能带走，因此武工队员当场结果了这个汉奸的性命，为烈士报了仇。

拳除"盯梢特"

徐华林、缪富泉两名武工队员白天出来活动，两人都化了装，每人还撑了一顶阳伞，既挡住了脸，又可遮太阳。可是陈肖平手下的一个特务还是对他俩产生了怀疑，悄悄跟在后面盯梢，企图查明他们的行踪。其实我们的两个同志早就发现了，心想："好！你跟上来吧！"两人交换了一下眼色，当这个特务越来越近时，徐华林一个虎跳转身，用一只手卡住他的脖子，缪富泉也来了个大转身，两个人一起将特务按倒在地。

为了避免惊动敌人，他们没有开枪，从小练就的一手好拳法此刻派上了用场。两个人的铁拳顿时像雨点一样落在特务身上，特务来不及喘一口气就口吐污血，一命呜呼了。

枪打伪乡长

敌伪统治的基础是伪乡、镇、保甲基层政权，他们就利用这个工具进行"清乡"和搜刮人民。对于那些忠于敌寇、欺压人民的对象，武工队坚决予以镇压。璜塘伪乡长季少云，就是个坚决与人民为敌的顽固分子，于是武工队精心策划，准备除掉他。

那是一个夏天的夜晚，繁星满天，人们都在外面乘凉。武工队员混入东场村，找到季少云，朝其脑后就是一枪。这一枪虽然没有导致季少云死亡，但深刻地教训了他，从此他再也不敢担任伪职，更不敢为非作歹了。这一枪也给了其他伪乡长一个严重警告。

5.
石新桥传奇

　　长安乡通往东北塘的路途中，有座跨越宽阔的锡北运河的大名鼎鼎的桥，名字叫"石新桥"。此桥建于 20 世纪 90 年代初，名字却取于明代正德年间，这是怎么回事呢？

　　原来，在今天这座双曲拱桥的东面约 300 米处，过去有座大石桥，气势非凡。它初建于明代，由官方出资建造，因先建有木桥，后建成石桥，故称"石新桥"。1958 年，为彻底解决锡北地区的水害和发展水上交通，开挖了工程浩大的锡北运河，至此，400 多岁的石新桥寿终正寝。但是老长安人都对这座桥感情深厚。说起石新桥，它有两段传奇的故事：

　　一是 1864 年，太平天国在天京失守后，向上海方向撤退，途经此桥，为阻拦清军追击，决定毁桥，然而用土炮轰击几十炮未果，无奈只得弃桥东撤。二是 1932 年，国民党十九路军在上海与日军作战，西撤过程中，八十八师残部途经此桥，观其地势险要，准备毁桥后与日军决战，使用了迫击炮、手榴弹进行摧毁，居然亦未能毁掉此桥，所以只得弃桥西撤。

当然，传说终归是传说。实际上，坚不可摧的石新桥，更是一座英雄桥，留下了新四军游击队奋斗的足迹，流传着感人的故事，传承着信仰的力量。

石新桥畔除日兵

1939 年夏，日本军队侵占锡北地区不久，他们立足未稳，生怕老百姓反抗，于是令各保长强征民夫 200 余人。这些民夫有的去拆庙搭建"守望所"的岗楼，有的在西栅门修筑地堡。人们在石新桥上来来往往，愁眉苦脸，都是敢怒而不敢言。有三个日本兵把步枪架在桥栏杆上，监督、点名，不放走一个人。

一天，来了三个民夫打扮的人，他们挤在人群中。其中一人一只手把大草帽掩在胸前，另一只手紧握子弹已经上了膛的短枪，只见他一步一步地移到一个督工的日本兵身后，猛扣扳机。只听"砰"的一声，鬼子应声倒在了地上，血流如注。另外两位"民夫"趁人群混乱之际，飞快地夺走了日本兵架在桥栏杆上的三支步枪，并且大喊："日本鬼子开枪打死人啦……"民夫们慌乱极了，向四面八方奔逃，剩下的两个鬼子没命似的逃往驻地。

原来，这三位"民夫"是爱国志士。他们从容不迫地下了石新桥，抄小路向斗山方向安全转移。等到日本军队出动，向四面胡乱放枪时，三名志士早已经无影无踪了。

石新桥塬遭遇日军飞机

1940 年，一个叫过春花的妇女正在农田里干活，身旁还有两个孩子在玩耍。突然间，伴随着一阵轰鸣声，一架飞机缓缓降落在石新桥塬下的一片麦田里。过春花连忙跑回村子喊人，一时间上百人都涌了过来，大家都想看看飞机到底长啥样。不过，还没来得及好好欣赏，他们就发现机翼上印着"太阳旗"，人群里立马有人反应过来："这是日本鬼子的飞机！"此时两名日军飞行

张静怡 / 绘

员也走了下来。他们拿出几块大洋，一边比画一边说着日语，意思是让大伙帮着推飞机。

可过春花没有理会他们，她大喊一声："打倒日本鬼子！"几个胆大的村民一拥而上，想抓住鬼子。但这两个日军飞行员拼死反抗，场面一时间僵持住了。就在这紧要关头，过春花抓起两把黄土，左右开弓，全砸在日军飞行员脸上。两个人毫无防备，眼睛顿时就睁不开了。此时，上百个村民高举手中的农具围过来，把两个鬼子吓得屁滚尿流，拼命求饶。最后，两个鬼子被村民五花大绑扭送到当地新四军驻地。

石新桥上智转粮

1943 年，抗日战争处于艰苦的相持阶段。新建的日伪据点离新四军的粮仓仅 400 米。长安区政府指示：趁敌人立足未稳，立刻组织群众转移粮食。

那天晚上大约 7 点钟，天刚刚黑，大队人马就悄悄地向粮仓进发。200 人在黑暗中拨开荒草快步行走，没有一个人掉队。粮仓被一层一层地打开，粮食被一斗一斗地从里向外有序地传递出来，接到粮食的人迅速地将粮食挂上扁担，挑上肩。所有人默契地配合着，如同一个人。当所有的粮食都被挑上肩后，指挥员轻轻地说了声"撤"，所有人按事先的安排，一个接一个有秩序地撤离现场。每个人肩上都挑着 50 多公斤重的担子,虽然有的人个子瘦小,有的人年老体弱,但此刻大家的心里只有一个念头,那就是"快跑"。

200 人挑着粮食浩浩荡荡地走路,声音肯定是很大的。经过石新桥时,遇到了日伪军大约一个排兵力的夜间巡逻队。此时天黑且下着雨,敌人搞不清虚实,先开了枪。几个武装民兵为了把敌人吸引过来,也开了枪。一时间枪声大作,火光划破黑夜,敌人被吓住了。有个游击队员立刻用日语喊话:"我们是新四军,缴枪不杀,优待俘虏!"敌人见这边火力很猛,又有随军翻译,以为遇到了新四军主力部队,不敢恋战,仓皇向据点撤退。

为了不给敌人喘息和思考的机会,武装民兵追着敌人继续打,一直追到据点围墙外。当敌军的巡逻队靠近时,据点里的敌人以为是新四军冲上来了,就一齐开火,枪声淹没了敌军巡逻队的喊声。看到敌人自己火拼上了,武装民兵开心地笑了。一声"撤",大家放开腿跑,追赶上运粮的队伍。敌人后来发现打的是自己人,但因为搞不清新四军的底细,只能惊魂未定地躲在据点里。

运粮队伍群情振奋、斗志昂扬,把一万公斤粮食一粒不少地运到了目的地,行动中无一人伤亡,圆满地完成了虎口夺粮的任务。

6.

"弯弓射日"的女兵

1925年阴历二月初六，李燕出生在长安桥古庄潘巷上的一个富裕家庭。父亲李开贵在村里辈分高又读过书，村里发生什么纠纷，都会请他去做仲裁。哥哥李云很早就加入了中国共产党。新四军第二次东进时，谭震林带领"江抗"部队进驻锡北地区，在李云古庄的家中建立了秘密交通站，李燕有幸成了哥哥的小通信员。长期的耳濡目染，培养了她的革命思想和斗争能力。

1941年冬，日寇"大扫荡"，新四军北撤，李云留下坚持地下斗争。两年后，他在古庄小学建立了古湾支部，李燕是古湾支部的第一批共产党员之一。

当年年底，新四军部队准备举办对敌工作训练班。璜马区区长知道李燕有过为地下党传递情报的工作经验，对敌占区情况比较了解，就极力推荐她去参加培训。经过三个月紧张的封闭学习，李燕知道了怎样开展情报侦察工作，掌握了化装混入敌营、主动接触对手以及收集、隐藏、传递情报的技巧。她还学会了一些简单的日语，便于开展抗日工作。

1942年夏天的一天，李燕进入江阴城侦察日本鬼子的防务。为了躲开鬼子沿路各关卡的严格检查，李燕天黑以后才从古庄出发，走到离江阴城门几公里的地方时已是深夜，她就躲在城外的大桥底下过夜。清晨，天刚蒙蒙亮，有几辆牛车拉着草从桥上经过。李燕趁赶车人不注意，轻轻地跳上最后一辆车然后钻进草堆里，顺利地混进城，侦察任务很快就完成了。

心情愉悦的李燕，一边向城外撤退，一边乘机散发新四军的传单。不料，传单被鬼子发现了，顿时哨子声、喊声连成一片。鬼子集合队伍，端着枪挨户搜查，把人赶到街上，企图找到传单的来源。李燕也被赶在人群里，她闭眼一想，反正是一死，撒腿跑吧。趁着混乱，她拼命地冲过去，到跟前才看清前面是鬼子的铁丝网。这时鬼子也发现了她，边开枪边向这边集结，子弹嗖嗖地从她耳边擦过。她来不及思考，扑向铁丝网，以最快的速度翻过铁丝网继续跑。直到人声、枪声渐渐远去，李燕才感到右胳膊剧烈疼痛，原来是胳膊被铁丝网扎破了，一直在流血。事后医生告诉她，胳膊断了一根神经。

有一次，李燕带着年仅13岁的学生前往黄土塘侦察敌情，她装扮成富家少爷，学生扮成随从。他们俩在路上走着，突然看到一队日本鬼子迎面走来。躲是来不及了，而且容易引起怀疑。

这时，在鬼子与他们之间有一大户人家出殡，正在举行路祭。李燕急中生智，让学生赶紧向司仪通报，说季五太爷家的小少爷来送祭。季五太爷是当地远近闻名的大地主，家里妻妾成群、儿女众多，李燕在学校时曾和他的儿子是同学。果然，李燕冒充他家少爷，让这户人家觉得很有面子，十分得意而没有丝毫怀疑。司仪提高嗓门："有请季五太爷家的小少爷！"李燕大步流星地上前，故意把祭奠的动作放慢，又多加了两个礼节。就这样，鬼子与路祭的队伍擦肩而过，李燕他们顺利地化险为夷。

还有一次，李燕在侦察敌人的一个据点时，突然碰上那个据点约一个小队的敌人出来活动。当时敌人距离她只有100米左右，情急之下她发现南面不远处有一所小学，就装作若无其事的样子进了学校。看到一间教室开着门，学生们正在上自习课，她大大方方地走进去，并将侦察时绘制的地图藏在讲台的书本下面，然后向学生宣布她是新来的老师。敌人到处查看，没发现什么异常，他们有些不甘心，在校门口派人把守着。李燕知道一时无法脱身，索性给学生上了一堂课。守门的敌人见没什么动静，就撤走了。看着敌人走远了，李燕不慌不忙地从书本下面抽出地图，哼着歌曲走出校门。

李燕由于工作成绩出色，经常受到上级领导的表扬。后来她被调到苏北军区特务团任民运股干事，成为民运宣传战线上杰出的女战士。

7.

击毙"沙壳子"

　　无锡县伪县政府有个政务警长，干了 50 多年警探工作，臭名远扬。他从清朝末年到民国时期都是反动统治阶级的忠实走狗、鹰犬，后来又成为汪伪政权的帮凶和汉奸，无锡城里的老百姓没有几个知道他的真实姓名，却都知道他的绰号叫"沙壳子"。沙壳子对贫苦人民和革命志士十分凶恶残暴。大革命时期锡北地区的一位农民运动领袖，就是被他捉住送往镇江，遭到残忍杀害的。

　　说来也巧，沙壳子乡下老家有个发小叫尤国振，原来也在无锡城里的工厂打工。1937 年 11 月无锡沦陷，尤国振失业回到锡北老家。尤国振在回家路上捡到一把手枪，再看到美丽的无锡城遍地硝烟，尸横遍野，胸中怒火万丈。回到老家后，他就召集了一帮弟兄，自发拉起了一支锄奸队伍。这支队伍先是被国民党蓝衣社成立的"忠救军"收编，后来他们觉得"忠救军"并不是真正的救国军队，再加上共产党地下组织的争取，就加入了锡澄虞县委的武工队，并组织了一个专门锄奸的小分队。

那时沙壳子也躲在乡下老家。一段时间以后，尤国振听说沙壳子要回城里工作，曾劝他不要替日军做事。当时他满口答应。谁知回到无锡城后，沙壳子就勾结日本宪兵队长，当了伪县公署政务警长，死心塌地地为"皇军"卖命了。为此，尤国振曾三次写信警告他，他都置之不理，甚至还在当时的《新锡日报》上两次以个人名义刊登《劝告乡区良民书》和《恳切劝告坏人归正完粮交租》的公告。对于锄奸队给他的四次严重警告，沙壳子竟夸口说："我在城里，游击队进不来。除非他们坐了飞机才能进得了城。"锡澄虞武工队认为此人气焰嚣张，已不可救药，决定对他进行严厉制裁。

尤国振带领锄奸队员进城侦察，得知沙壳子果真不出城门，只在崇安寺、观前街一带逗留。那儿是闹市中心，很难下手。经过耐心细致的观察，终于摸清沙壳子的行踪，锄奸队员就提前守候在他这几天有可能去的观前街中段的地方准备下手。

1939年1月的一个傍晚，沙壳子吸足鸦片，独自一人走进迎宾楼吃夜面，吃完夜面准备去蓬莱书场喝茶听书。锄奸队紧盯不放，尾随其后，见时机已成熟，便停在胥隆兴羊肉店门前。尤国振拔出手枪，对准沙壳子的后脑勺，说声"我坐飞机来了"，就射出一颗子弹，沙壳子随即扑倒在地，当场气绝。趁着附近人群四散，尤国振带领锄奸队员迅速回到西大街的一个地下交通站，藏好手枪，装扮成掏粪工人，绕开火车站，沿着行人稀少的煤屑路经南门大公路，安全回到武工队驻地。

崇安寺、观前街是金城汤池之地，一个堂堂的政务警长，居然被锄奸队枪杀了。敌伪无不震惊，连忙紧闭城门，断绝交通，宣布戒严，四处搜索。大搜查持续了七天，城內小巷粪便满溢，垃圾堆满通道，把无锡城搞得乌烟瘴气，但一无所获。

尤国振和他的锄奸小分队踌躇满志，又在筹划下一次的锄奸行动。

单章程 / 绘

8.
夜袭碉堡除汉奸

　　在抗日战争时期，抗日敌后部队十分活跃，而日军兵力有限。为了加强对占领区的统治，日军修建了不少碉堡。当时的堰桥西高山上的一座碉堡，是日本鬼子在锡北的一个重要据点。距离碉堡 15 里以内的村子每天必须给日伪军送食物和情报，不送，老百姓就要挨日伪军的打骂。过往关卡碰见日伪军时，老百姓还得行弯腰鞠躬礼，弄得附近的群众白天不能安心生产，连晚上睡觉也不得安宁。

　　1941 年 8 月的一天拂晓，璜马区副区长唐忠林率领十来个常备大队队员，从江阴塘头桥大破竹篱笆、帮助新四军主力部队顺利通过锡澄公路封锁线后，带着胜利的喜悦返回。在月黑风高的夜晚，大家经过西高山，远远看到山头上亮着鬼火一般的碉堡。唐忠林和队友们商量，要把西高山碉堡攻下来，杀一杀敌人的威风，给老百姓出口气。

　　大家情绪高涨，誓把碉堡内的日伪军拿下。队员们沿山间小路，深一脚浅一脚地摸到碉堡附近。唐忠林先派出两名队员，假装是给敌人送情报的密探，敲响了据点的大门。站岗的伪军以为是自己的人送信来了，便把大门移开，刚探出头来，队员们便猛扑过去，解决了敌人的岗哨，冲进了碉堡。敌人以为是新四军大部队来了，早已魂飞魄散，乖乖地举手投降。伪警察队长蒋吉荣刚想拔枪反抗，就被常备大队队员当胸给了一拳，枪落地，人倒地。

这次战斗用了不到 20 分钟，干净利落，不费一枪一弹，俘敌十余人，缴获步枪十余支，轻机枪一挺，子弹、手榴弹十箱，电话机一部。常备大队队员们清理了现场，带着俘虏离开了据点。

当天组织的临时人民法庭，由锡北工委书记陈凤威担任主审，对伪警察队长蒋吉荣进行了审判：

陈凤威："你为何不抗日而投降敌寇，专门搞反共、反新四军、反人民？"

蒋吉荣："是我走错了路，因为上面（指'忠救'上级）规定我们的敌人不是日本人，而是共产党、新四军。"

陈凤威："你杀了多少新四军和人民？"

蒋吉荣："那是很多的，但不是我一个人杀的。"

陈凤威："现在你准备怎么办？"

蒋吉荣："希望能给条路让我走。"

陈凤威："那很简单，只要你能立功，命令部下将枪头朝向日本鬼子，可以折你的罪。"

蒋吉荣沉默了很久，面色一阵红，一阵紫，汗水像雨一样淌着。他知道自己投靠日军、横行乡里、欺诈百姓的罪行罄竹难书，喃喃自语道："今天，大概是我的死期了。"

见蒋吉荣不思悔悟，陈凤威同志宣布了他和他的得力手下孙老大的罪状，当即处以死刑。除掉蒋、孙两大祸害后，人民群众拍手称快，到处传颂："我们的人回来了！我们的苦日子快到头了！"

军民抗日的歌声从市镇到村庄、从田野到山岗，到处飞扬。

9.
激战义仁桥

　　1945 年 4 月的一天，长安桥镇上来了一个陌生面孔的小贩，他专门寻找一些老人和小孩探听新四军和先天道活动的情况，结果被群众抓获。群众从他身上搜出一张地图，上面标着一条长安桥地区与江阴北渚之间的锡澄界河，并标出了位于河的南边的长安桥附近几个村庄的地形，还写了一些关于先天道人员分布情况的数字。愤怒的群众看到这张地图，知道这人是界河北面江阴北渚国民党保安团派来的特务，当场用大刀把这个特务劈死了。

　　先天道最早在北京创建，是一个背景十分复杂的封建迷信组织，一开始就被日本特务机关利用。传到无锡后，先天道的首领们在各地遍设香堂，广收道徒。入道后的人都头扎黑纱布，各人自备大刀或标枪等武器，对首领和点传师称呼"先生"，成员之间互称"师兄""师弟""师姐""师妹"。接着，由点传师念咒、烧符，传授"刀枪不入"的"法术"。先天道的内部组织形式，是按清朝军队的编制编为旗、营、标等。这就是日本特务机关出的主意。接着，蒋介石的国民党和"三青团"也渗透进去，控制了先天道上层的一部分反动道首。这些反动道首提出一个蛊惑人心的口号："先打新四军，后打忠救军，再打东洋人。"这个反动口号的第一句才是日伪顽的真正目的，后面两句则是欺骗普通道众的，其矛头首先指向的是共产党领导的新四军，用心十分险恶。

但长期的抗日战争教育了广大人民群众，他们认识到自己的深重苦难来自日本侵略者和汉奸，也看透了国民党的黑暗统治及其积极反共、欺压人民的真面目。中共锡澄县委经过上级批准，进一步作了研究，决定打入先天道内部，分化瓦解其上层，争取团结中下层，并提出"保村庄、保太平，打鬼子、打土匪"的口号。这个口号很快被先天道中下层群众接受，群众还孤立了先天道的大头目和特务。从此逐步形成了以锡澄交界为中心的，有无锡、江阴、常熟、武进等地的十万多人参加的浩浩荡荡反对日伪军、反对"忠救军"的抗日力量，掀起了"反征粮、反征兵、反迫害"的汹涌浪潮，日伪军惶惶不可终日。

就说长安地区，在共产党领导的反"清乡"战斗中，先天道群众对日伪军自发进行武力反抗，用大刀砍死了数十名下乡抢粮食的日伪军。这一天，群众又抓获并处死了一个特务，这一下使得锡澄界河对面的敌保安团长暴跳如雷，开始疯狂报复，扬言要踏平长安桥。

　　盘踞在江阴县北渚镇的保安团原属国民党的"忠救军"，后又投靠日军，改编为"清乡行动总队"，在江阴、无锡边界的两侧，强征税、抢粮食、欺压人民，已和先天道群众发生过多次冲突。

　　锡澄界河河面上有一座义仁桥，是南北的交通要道。为了防备敌保安团突然进犯，长安、堰桥、西漳、八士等地的 30000 余名先天道群众，纷纷集中到义仁桥南侧一线，日夜防守在义仁桥。长安区武工队也派出武工组和群众一起参加守卫。5 月初的一天，敌保安团部队冲过义仁桥，对先天道群众开战。先天道幡旗飘扬，鸣锣为号，群众头扎黑纱布，手持大刀和标枪，赤膊冲杀，刀劈枪刺，英勇顽强。一时间，义仁桥沿线喊杀声和锣鼓声震天动地，战斗非常激烈。保安团的先头部队曾冲上义仁桥，但一过桥就被先天道群众围住刀砍枪挑，死伤多人，只得退回去。敌人冲不过来，就集中机枪向先天道群众射击，先天道群众也曾发起过几次冲锋，但伤亡较重，只得退回桥南。就这样，在义仁桥南北两岸，双方展开了拉锯战，形成了对峙局面。

　　中共锡澄县委的领导对义仁桥的战斗十分关切，时刻牵挂着参战的 30000 余名先天道群众的安危，当得知前线战斗正处于对峙状态时，立即命令县大队和长安区武工队，即刻赶赴义仁桥前线参加战斗，尽可能减少群众的伤亡。部队到达义仁桥前线后，分析了战场形势：义仁桥横跨在锡澄界河上，桥北保安团有300余人，全副武装，火力较强。在桥南的大片桑园里，聚集着30000余名先天道群众，情绪高昂，但只有大刀、标枪，30000余人暴露在敌人火力面前，相持下去，对先天道群众十分不利，因此必须动员先天道群众尽快撤离战场，以避免更大的伤亡。县委领导立即展开部署，命令县大队用火力压制敌人，并命令长安区武工队从锡澄界河下游过河，在保安团的侧翼打枪和投掷手榴弹，以迷惑和牵制敌人，掩护先天道群众撤退。敌人集中机枪，向撤退的人群疯狂扫射，先天道群众人多目标大，群众时有伤亡。武工队组长张勇搀扶先天道伤员后撤时，被敌人的子弹打中，跌倒在地。区武工队的队员前去救护，发现他伤在要害处。张勇断断续续地说了一句"掩护群众要紧"，说完就合上了眼睛。

先天道的群众见张勇为救护群众而英勇牺牲，感动得流下眼泪。武工队员们也忍住悲痛，和群众一起把张勇的遗体运送到安全地带。在义仁桥正面，县大队集中火力向据守北岸的敌人射击；在锡澄界河下游，长安区武工队迂回到敌人侧翼。由于附近响起了枪声和手榴弹的爆炸声，敌人怕腹背受敌，于是狼狈向北逃窜。终于，在县大队和区武工队的掩护下，大部分先天道群众安全撤离战场。为防止敌人再次报复，县大队在义仁桥南岸的要道路口埋了一部分地雷。

第二天，区武工队和先天道群众一道，在长安桥开了追悼大会，悼念张勇烈士和在义仁桥战斗中牺牲的先天道群众，这进一步增强了地下党武工队与广大群众的团结和友谊。

在共产党的正确引导下，先天道的大批积极分子被吸纳进各级武装组织，从而壮大了抗日力量。

10.

长安桥朱家联络站

长安桥有个偏僻的村庄叫冯古巷。村里的一户农家姓朱，朱家有两兄弟，这两兄弟以及他们的妻子、母亲王氏，全家都是我党的红色骨干。他们举全家之力千方百计帮助新四军武工队，积极可靠。

1947年4月，中共锡澄县委和长安区武工委领导决定在冯古巷朱家设立秘密联络站。为了保证联络站的安全可靠，武工队员们和朱家兄弟夫妇一起，在王氏房间床前的踏板底下挖了一个能容纳七八个人的地下室。挖出的泥土，被朱家兄弟夫妻在夜间悄悄地运往村外翠云桥南边，倒入上舍港河中，在村内不留痕迹，连邻居都毫无察觉。

自从挖了这个地下密室，联络站就更加安全可靠了。不仅长安地区的秘密党组织和武工队常在朱家住宿和召开重要会议，连常熟县及威墅堰一带一些秘密党组织的负责人，也经常来这个联络站开会、住宿。

　　冯古巷是地下党和武工队活动的堡垒村，当时有 30 多户农家，家家都为联络站做安全保卫工作，有一半以上的群众家里住宿过秘密党员或武工队员。朱氏兄弟发动"三抗"（抗丁、抗捐、抗粮）小组和进步青年为联络站站岗放哨，村民群众也都对联络站的工作非常关心支持。朱家两弟兄的母亲王氏也成了秘密交通员的小组长。那段时间，王氏几乎天天去长安桥镇上买菜以观察敌人动向。1947 年，无锡地区地下党和苏北解放区联络密切，王氏也多次执行了南北两地传递情报的任务。

　　1948 年的一天，王氏又接到任务，要陪同秘密党员，锡澄县委女交通员朱英一起去苏北，同时还要随身携带秘密情报。王氏把用碱水写在黄草纸上的文稿，一份藏在发髻里，另一份缠在自己的裹脚布里，然后和朱英一起来到了江边黄田港。

　　"站住！"敌人的哨兵凶蛮地拦住了王氏和朱英，大声喝问："老太婆，你为什么经常过江？"王氏镇静地回答："长官，我娘家在苏北，老娘长期生病。你看，我还是小脚，要是没事谁高兴来来去去。长官弟弟，我也是个老太婆了，老太婆家里偏偏还有一个更老的老太婆，你说我有什么办法啊！"

　　"那她是什么人，以前怎么没有见过？"那哨兵凶狠的眼睛直勾勾地盯着朱英。

　　朱英都不正眼看他，大大方方地挽住王氏的胳膊。王氏拍拍朱英的手说道："阿英别怕，长官是好人，干妈经常来来去去，都认识了。别怕，啊！"又对哨兵说："长官弟弟，她是我的干女儿，多少年了，我都一直没有带她回苏北老家看看外婆。眼看我的老娘快不行了，再忙，这一次也要带上女儿去看看外婆了……"说着说着，她就又像哭又像唱，一把鼻涕一把泪的。哨兵只感到阵阵烦躁，看到朱英一身单衣单裤，隐藏不了什么违禁物品，又看看王氏，料想一个小脚老太婆绝不会是共产党，想想老太婆苏北家里还有一个更老的老太婆，就不耐烦地挥挥手："走吧走吧！"就这样，王氏又一次有惊无险地完成了地下党的交通任务。

那时候，国民党反动派的队伍经常会经过村子，有时也会进村。王氏天天去长安桥买菜，一旦发现敌人有异动，她就会立即向自己的儿子们报告。一天，她看到上舍港对面有国民党部队在活动，她把敌人的动向、人数都记住了，赶回家通知和儿子们一起开会的武工队领导。武工队领导正准备吃饭，听到报告马上作出决定，安排一部分人员转移，一部分人员隐藏到地下室。

那一天，国民党长安桥据点里的伪区长突然带了一支短枪队把冯古巷包围了起来，大肆搜查。幸运的是，地下党时刻保持高度警惕，朱家的地下室又设得秘密，未被敌人发现，藏在瓦片下的枪支、捆在稻草里的子弹，也都安然无恙。王氏悬着的心略略放下了一些。突然，敌人又回到朱家，一把抓住王氏，王氏心头一阵紧张。不料，敌人提出要在她家吃饭。王氏心想，若回绝敌人，敌人一定会怀疑。为了不露痕迹，王氏假装热情地端茶倒水，与敌人在客厅周旋，装着等吃饭的样子，一边暗示儿媳妇去厨房。其实，准备给武工队吃的饭菜已弄好，但如果马上拿出去给敌人吃，必定会引起怀疑。儿媳妇心有灵犀，马上把饭菜藏起来，又在厨房里弄得锅碗瓢盆叮当响，假装在忙碌做饭，然后再将饭菜一道一道端出来。王氏故意表示歉意："不知各位前来，未备酒菜，请原谅。"敌人早已饿得发慌，见到饭菜便蜂拥而上，狼吞虎咽地一扫而光。敌人吃饱饭临走时在附近转了一圈，对王氏说："我们得到情报，共产党的武工队常在你们这一带活动，如你发现，要立即向我们报告。"王氏即点头称是。

但是，敌人还是不肯罢休，在村里随便抓了五个村民，送到寺头保安队据点关了起来。几天后，地下党展开了有组织的营救，通过内线交了"保释金"，敌人又没有真凭实据，只能把村民都放回来。

有一天，王氏在长安桥看见了那个伪区长，他手里还拎了一瓶不知在哪里"敲竹杠"敲来的酒。王氏故意走到他面前哭道："你这个长官不好，吃了我家的饭，还抓了我的邻居，现在邻居们都骂我吃里爬外，你要帮我去道歉！"伪区长看看这个小脚老太婆，心里又想起了王氏家的小媳妇，马上点头哈腰："老太太千万别生气，既然您说了，我马上就跟您去道歉。"说着自己就只管往冯古巷方向走去。王氏心里尴尬，但想想也好，和这个伪区长拉拉关系，以后对情报工作一定有利。看到也没有其他敌人跟着，王氏就带着伪区长来到自己家里。王氏的两个儿子闻声回来，悄悄地躲在后门外面的墙角处，以防不测。王氏婆媳一起弄了几个小菜，伪区长也不客气，一会儿工夫就喝了大半瓶烧酒，酒足饭饱后摇摇晃晃地走出门去。王氏在厨房洗刷，儿媳妇到婆婆屋里的一个箱子中取出一件外套想换了去串门，不料房门忽然被推开！

原来，那伪区长又回到王氏家里，闯进内屋就捉住王氏儿媳妇的手欲行不轨。儿媳妇心里慌张，惊叫一声就往外跑，伪区长一只脚垫在床前的踏板上，两只魔爪死死地拉住她。忽然，伪区长脚下一松，摔了个"嘴啃泥"，那踏板滑到旁边一尺多，板底下微微露出一条缝……王氏和两兄弟闻声进屋，一看大事不好，密室被伪区长发现了。说时迟那时快，老大飞身一扑，把敌人紧紧地按在地上，老二也是箭步上前按住敌人的脚。王氏马上把床上的被子抱下来捂住敌人的头，又找来一根麻绳套住敌人的脖子，越抽越紧。就这样，伪区长折腾了半个小时，终于一命呜呼！

　　深夜，朱家兄弟把伪区长装在麻袋里，背到镇外小河偏僻处，打开麻袋，把酒瓶塞到他的裤兜里，悄悄地将他沉入河底。

　　几天后，敌人在长安桥镇外几里地的河里发现了漂浮着的伪区长的尸体。

赵亦涵 / 绘

11.

虎口拔牙

1944 年的早秋，苏中新四军根据地建立了锡西北武工队，武工队奉命南下，任务就是坚持反"清乡"斗争，把新四军的旗帜牢牢插在江南，依靠群众，团结爱国民主人士，开展抗日保家斗争，打击敌人，保护人民，为迎接抗日战争的胜利做准备。武工队南下至无锡锡西北地区，主要包括无锡的长安、前洲地区，江阴的璜塘、马镇地区。武工队南下的消息很快传开，人民群众见到新四军又回来了，莫不欢欣鼓舞，奔走相告。到达目的地后，武工队开始组织民众，建立起抗日民主政权；组织农民协会，开展减租减息活动。

武工队在锡澄边界开展活动后，无锡和江阴的"忠救军"坐立不安，他们搜罗地方势力，在锡澄公路边的堰桥镇增设了一个据点，号称"清乡行动总队堰桥办事处"。

堰桥地处锡澄公路沿线，是水陆交通的枢纽，又是进入无锡和江阴的南北大门，战略地位十分重要。敌人堰桥据点的建立，就像给敌人的"虎口"增添了一颗"门牙"，给武工队在锡澄边境的活动增加了困难。武工队决定，一定要拔除这颗"毒牙"。

一天，一位头戴凉帽、脚穿草鞋、肩挑两筐青菜的中年汉子在敌据点周围沿街叫卖，他就是武工队派出的侦察员老张。老张是堰桥本地的农民，对镇上比较熟悉。他化装成菜农也不会引起敌人的注意。

老张来到敌人据点门口，只见挂着"清乡行动总队堰桥办事处"大牌子的大门敞开着，几个便衣人员出出进进，门里边是个天井，再往里就是大厅。老张想着不能贸然进去，于是就转到后门，两扇漆黑的后门紧闭着，围墙很高。老张再沿着弄堂转过弯去，一路叫喊卖菜。只听开门声响，侧门里有人出来买菜，那人问了价钱，称了一筐菜，叫老张送去伙房。老张心中一动，莫非这是据点里的饭司务？他马上殷勤地把菜送到伙房。趁饭司务转身取钱，老张便在烧火凳上坐下歇脚。他往里一看，发现伙房旁边有条夹弄，两边是厢房，夹弄与大厅相连。回想起前门、后门和侧门，整个院子的结构和进出路线就在老张的脑海里像"西洋镜"一样展现了出来。但是，老张非常谨慎，因为侦察万一有差错，就有可能导致武工队员流血牺牲！

这时，老张好像闻到了一股淡淡的桂花香。他灵机一动，借饭司务付菜钱之机，递上一支烟，点上火与其攀谈起来。一问才知道两个人都是堰桥乡下人，虽不相识，但一谈就熟，便相互称兄道弟，从家常说到职业。老张讲肩挑小贩生活困难。饭司务说，一日三餐，二十几个人，还烧夜点心，人多嘴杂，难伺候。闲谈中，老张大体了解了据点的人员、武器情况和白天、晚上的警卫情况，还知道饭司务要烧了夜点心才关侧门。老张还故意问饭司务："早就听说这个院子里有一棵特别大的桂花树，枝繁叶茂，能不能让我去看看？"饭司务说："哎，这也是我的活儿，我每天都要去浇浇水，扫扫落叶。"老张忙说："我帮你去扫。"饭司务带着老张到前面大院里把地扫了一遍，老张也确认了所有路线都是环通的，没有死胡同。临别时，饭司务还让第二天再送菜来，老张也满口答应。

根据老张实地调查获得的信息，武工队决定，抓紧时机，当晚采取行动，并分析了可能发生的情况。为防止敌人增援，部队和一个武工组埋伏到堰桥的要道路口，准备打援。

天一黑，老张就带了一个小组，从侧门进入伙房，劝说饭司务并稳住了他。饭司务开着侧门，自己就往床底下一钻。老张发出暗号，武工队长带着突击队鱼贯而入，无人阻挡。老张在前面带路，经伙房穿过夹弄，直奔厅堂。大厅内灯火通明，敌人正围在桌旁赌钱，打牌声、喊声掩盖了一切声响，正在热闹的劲儿上。武工队从天而降，举枪对准敌群，武工队长跃上靠墙的一张桌子，大声命令："把手举起来，缴枪不杀！"敌人一时惊呆了，吓得魂飞魄散，乖乖地举起了双手。突击队员们以敏捷的动作，依次从敌人身上搜抄武器弹药。当场缴获匣子枪两支，一部分手榴弹和子弹。队长乘机讲了抗战的胜利形势和新四军的宽大政策，号召他们脱离"忠救军"，不当伪军，不为日本侵略军卖命，回家务农做工，做堂堂正正的中国人。

武工队按照政策，区别对待，释放了被征用的民工、勤杂工，带走了缴枪投降的俘虏。武工队不费一枪一弹，拔除了盘踞在锡澄公路战略要地的一个敌军据点。胜利消息一传开，周围群众无不拍手称快。

12.

郑家国锄奸小故事

　　抗日战争时期，无锡地区很多地方武装都被编入了国民党"忠救军"，虽然旗号是"忠义救匡军"，实质上已经有很多队伍被"汪伪集团"所拉拢，投靠了日本侵略者，与新四军为敌。长安桥以北就有一支投靠了"汪伪集团"、号称"忠救军十支队"的队伍，支队司令原是江阴北部地区的土匪恶霸董一霸。董一霸还是江阴北部包括长安、东北塘地区的"青帮"头子，长期与共产党和人民群众为敌，为虎作伥。他的部队就驻扎在与长安桥一河之隔的江阴北渚。

　　1939年6月，董一霸的"忠救军"受到我武工队的严重打击后，他写信给年轻时和他有过交往的郑家国，希望郑家国把队伍拉到北渚和自己的队伍一起抱团对付我地下党长安区委武工队。郑家国早已脱离了帮会，自己拉起了一支以贫苦人家青年为主的抗日队伍。他的队伍经过我地下党做工作，虽然表面上还是"忠救军"的番号，实际上已经接受我地下党的领导，在打击日本侵略者的过程中屡建奇功。董一霸要郑家国把部队拉到江阴塘南去等待时机，反对"江抗"，郑家国当然不会听他的。董一霸见郑家国不但不给他面子，反而与"江抗"接触频繁，无锡地区不断有郑家国杀鬼子、除汉奸的消息传到他耳朵里，心里是又恨又怕！在日本侵略者的授意下，他对郑家国动了杀心。

一天，郑家国收到了董一霸写的一封信，信中谎称有要事商谈，约郑家国去长安桥一家茶馆开会。郑家国身边的副官是中共地下党员，听说这件事以后再三劝郑家国不要去。但郑家国认为自己抗日，问心无愧，那姓董的，不管怎么说还是和自己有过一段交情，估计不会有什么问题，还是带着两个勤务员一起去了。

到了长安桥后，董一霸派人传话，要郑家国去南蒋巷，郑家国他们就向南蒋巷方向走去。不料，在石星桥塊下突然有三个董一霸的卫士迎面而来，他们一面喊着："向大队长敬礼！"一面却不约而同地举枪向郑家国射击。我们的杀敌英雄当场中弹牺牲。他的妻子第二天也被杀害于他的坟前。

郑家国原是农民，曾在无锡茂新面粉厂当过工人，无锡沦陷后回到农村老家。当时，抗日群雄四起，有几位在大革命时期入党，后来失去组织关系的老同志也奋起抗日，组织了夜防队。他们和郑家国合作后，组成了一支抗日武装，郑家国还挑选精兵强将组成了锄奸团，专门负责打击日军、惩罚汉奸。

1938 年 3 月 6 日，郑家国化装成农民进城，在马路上徘徊侦察，突然发现在交叉路口处有个单独行动的日本兵。郑家国就缓步走上前去，当接近敌人身边时，拔出手枪，朝敌人胸脯开了一枪，敌人应声倒下。路人见到这个场景，吓得四散而去。郑家国混在人群之中，离开了路口。按约定，郑家国要和两个锄奸队员回乡，途中会路过周山浜。那时，周山浜有个叫华盛顿的高级饭店被日本侵略军占作高级军官住宿处。锄奸队员们路过华盛顿饭店时，正好看到一个日军高级军官在楼顶阳台上寻欢作乐。郑家国给了锄奸团队员们一个暗示。大家心领神会，分散开来，从不同角度同时对准那军官发射了几枪。结果，那个日军军官重伤致死。

1938 年 9 月，南京"汪伪集团"所谓"维新政府"开会，大汉奸梁鸿志由沪赴宁。郑家国得到情报后，在汉奸到达的前一天夜里就率领队伍赶向石塘湾车站附近，拔去铁轨上的铆钉，搬去枕木。当列车进入这一地段，三节车厢当场倾倒。郑家国的队伍对准车厢猛烈射击，毙敌 20 余名。

那时候的无锡，到处是日军布置的铁丝网，到处是据点岗哨。日军还在锡澄公路中间架起竹篱笆，竹篱笆以东都是他们企图消灭共产党、新四军"江抗"部队的"清乡"地区，只在西漳那里开了一个口子设岗放哨。农民进城经过岗哨，都得受到盘问、搜身检查，有的还要被扣留下来。曾经有个农民家的田地在篱笆的外面，这个农民想钻过篱笆去劳作，却被站岗的日本鬼子当场一枪打死。老百姓对他们无不恨之入骨。郑家国就想，一定要杀杀敌人的威风！一天，郑家国带着锄奸团队员，两男一女扮作乡民，女的在前，男的在后，一起向锡澄公路的一号桥走去。靠近岗哨时，一个日本兵便来调戏女队员，两个男队员迅速拥上前去把他按倒在地，嘴里塞上棉絮，装入麻袋，运回乡里处决。

无锡北塘是个繁华的商业区。就近通过水路来无锡购买日用品及医药物资的江阴、宜兴、溧阳的商贩络绎不绝。敌人在大河池沿的小菜场设立了一个特务大队。大队长叫李忠林，除了向来往客商征收税款外，还经常用"通匪""抗日"等罪名任意勒索敲诈钱财，甚至拘留商民，酷似这一地段的"土皇帝"，商民不胜其苦。这个情况传到锄奸团，深深地激怒了锄奸团的队员们，更激怒了郑家国。1938年10月的一天，郑家国集合20多名年轻力壮的队员，各执盒子枪、快慢机，沿锡澄公路迅速奔向北栅口，冲到大河池沿，以迅雷不及掩耳之势直扑李忠林的办公室。门口站岗的两名门警见状况不对，刚想举枪，就被锄奸队员开枪击毙。李忠林听到枪声立即带着卫士夺门而逃。郑家国跟踪追击，有一个敌人被追得无路可逃，便从一个窗口跳进大河池内，郑家国迅步上前拔枪将其击毙于池内。这次战斗，毙敌三人，缴枪五支，敌方据点尽被捣毁，李忠林等三人也被绑到乡下。日方再三派人下乡联系，愿出巨款将人赎回。郑家国为使人民扬眉吐气，报仇雪恨，严词拒绝了他们的要求。他把这三个人用绳子牵着，周游四乡各村，要他们逢人行礼鞠躬，口呼"先生"，如此过了几天，再将他们送往斗山处死。

锄奸队员们从容不迫地由原路而返，行至锡澄公路口，忽然发现一名日军军官身佩指挥刀，骑车迎面而来。郑家国待其近身，一把将其拉下车来。日军军官惊魂未定，郑家国随即信手夺其挂刀并将他砍首，后安全返回驻地。从此，郑家国名声大振，敌伪胆战心惊，人民拍手称快。

1938年11月，华东人民武装抗日会（简称"武抗会"）的首长通过地下党员正式与郑家国联系。郑家国表示接受"武抗会"的领导，拥护共产党的抗日主张，并上缴了1200块银元作为抗日经费。从此以后，郑家国的抗日意志更加坚定，在城乡杀敌锄奸，屡建奇功，敌伪头目终日惶惶不安，连日召开紧急会议商量对策。在伪县政府政务警长吴正荣的策划下，1939年1月19日，日军特务部无锡班在《新锡日报》上刊登了悬赏通缉郑家国的公告。郑家国不顾敌伪的缉捕，仍然活跃于城乡之间，给敌伪以沉重打击。

1939年1月，南京"维新政府"听从日本侵略军的指示，采取"以华制华"的策略，命令各地汉奸纷纷编组绥靖军，想利用这股反动力量来消灭各地抗日武装。1月25日，汉奸过同先收编了一批绥靖队员。他们分乘几辆汽车，由日军指挥官斋藤率队送往苏州训练。当斋藤所率车辆途经苏锡公路时，事先埋伏在那里的郑家国带领的锄奸团立即发起袭击，当场击毙伪军16名，斋藤受重伤，死于苏州。2月2日，江浙绥靖队第四区常熟徐风藻部在无锡收编了95名绥靖队员，由日军主任指挥官佐藤、山口率领，分乘数辆汽车前往常熟。那天，郑家国带领200余人埋伏在公路两旁，当汽车行至东亭镇的伏击范围内时，便发起猛击。结果，佐藤负伤，锄奸团截获汽车一辆，机枪两挺，步枪70余支。

敌人风声鹤唳，闻风丧胆，处处布下眼线，却始终没有觅得郑家国的半点踪迹。日本侵略军"宣抚班"班长白泽茂感到很头痛，严饬各地密探队长，密切注意郑家国的行踪，并以"一万元"作为奖赏，要求务必把郑家国抓住交给"宣抚班"密探长崔炳生。崔炳生因跛一脚，绰号"崔跛子"，是个朝鲜浪人。来到中国后，他招摇撞骗，无恶不作，现在他又要加害于郑家国。这样，崔炳生就成为锄奸团必须惩治的对象。一天，郑家国派两位队员先入城摸清崔炳生的行踪，同时从一位私人医生那里得到支持，带上了麻醉药物，雇了两辆熟悉乡间道路的人力车，等候在长康路一个夜面摊旁边。崔炳生吸足鸦片，走出烟馆时，被早已等在那边的四个人围住，一个队员拦腰一抱，将他揿倒在地；另一个队员用烈性麻醉药絮蒙住他的鼻子，塞住他的嘴。崔炳生马上变得四肢无力，像个醉汉一样，被队员们拖上人力车，向东门方向奔去。到了亭子桥，伪警察看到两个人合乘一辆车子，知道不是好惹的，接着又听得他们说："我们这朋友喝醉了酒，要送他回去，请通融通融让我们过去。"伪警察一声不吭，点点头，挥挥手，让他们拉了车子便跑。伪警察哪里知道，这个"醉汉"就是大名鼎鼎的"宣抚班"密探长！越过了铁路，大家放声大笑。车夫也特别卖力，迅速将车拉到了东亭镇。第二天，乡里听说锄奸团在城里活捉了个密探长，都像看庙会似的一齐拥来观看。郑家国亲自审讯，崔炳生对以往作的恶供认不讳。于是，锄奸队员将其处决。

由于郑家国不断给敌伪以沉重打击，后又听说他在联络四乡八镇的抗日队伍一致抗日，更引起敌伪的震恐。日军特务部这才找到董一霸，策划了暗杀郑家国的罪恶行动。

郑家国被害的消息传到了无锡各界抗日联合会。抗联会在根据地为他举行了隆重的追悼大会，表彰了他多次击毙日军、汉奸，接受党的教育，走上坚决抗日道路，成为一个坚强的抗日勇士的英勇事迹。

13.
神秘的"水中桥"

　　长安桥与江阴交界的界泾河上有一座义仁桥，过桥向北几里地就是江阴北渚镇，国民党一个保安团就驻扎在那里。路边搭着一个夏天用来看西瓜的茅草棚，那里有北渚保安团派来轮流蹲守的敌人，有时候是两个人，有时候是一个人。桥的南岸，是地下党长安区武工队的主要活动地区，如果不是组织大规模"清乡扫荡"，小股敌方人员是不敢过桥的。

　　1948年早春的一个夜晚，义仁桥两岸静悄悄的。一个高大的身影来到了义仁桥南岸向东五六百米有芦苇的河边，他就是长安区武工队情报组长老马。说是老马，其实他才四十多岁，身强力壮。老马悄无声息地埋伏到河边，警惕地望着桥头敌人的岗哨，见一切正常，就学了几声狗叫，叫声不高也不低，就像是远处村庄里传来的一样。一会儿，河的北岸有一个黑影，在河面上慢慢地向老马漂移过来。那黑影越来越近，上岸了。来人正是按照约定与老马来接头的、潜伏在北渚国民党保安团里做伙夫的范师傅。

那么，范师傅是怎样在河面上漂移过河的呢？原来，那条河水下有一条"水中桥"。为什么叫一条桥，而不是一座桥呢？是因为那"水中桥"是一条沉在水下的绳索，那绳索连接河的两岸，南北河边上都深扎了一根木桩，绳索紧紧地系在木桩上，平时沉在水下，无人察觉。地下党需要过河时，就会带上一只菱桶或大木盆，放到水里，拉起绳索就可以过河了。黑夜里，菱桶在水面上漂移，无声无息，不会被敌人的哨兵发现。

两人一见面，老马就分条列点地把长安区委党组织拟定的杀敌锄奸，保护江北新四军根据地运送的武器弹药，使其安全抵达古庄白荡并隐藏起来，等待上级大反攻时加强武工队武装的几项任务，按照分工向范师傅作了布置。说完，范师傅沿着"水中桥"原路返回，然后，将绳索沉到水下。老马和范师傅又分别把两岸的木桩用泥土掩盖伪装好，然后各自秘密地返回驻地。

三天以后的晚上，暗星夜，老马带领几个武工队员通过"水中桥"秘密来到义仁桥的北岸，与范师傅会合，然后按计划兵分两路。一路由范师傅带领，来到江阴长寿乡的一户人家，那家主人是长寿乡的伪乡长，极其反动，作恶乡里，祸害百姓。我地下党得到情报，伪乡长刚刚接到调令，过几天就要到保安团做大队长，长安区委党组织决定锄奸。

范师傅带着两名队员来到伪乡长家门口。范师傅轻轻地叫门：

"大队长，大队长。我是保安团的，团长叫我来请你去团部喝酒。"那伪乡长刚刚睡下，听见保安团团长有请，心里美滋滋的，让老婆只管睡觉，自己穿好衣服出门，看到范师傅有点眼熟，就很放心地跟着他和两个伪装成保安团员的武工队员走了。按照计划，范师傅和武工队员会在去北渚保安团的路上，找一个僻静处，把伪乡长杀了，为民除害，然后把伪乡长的尸体抛到保安团去往江阴城里方向的路边。范师傅回到保安团后，两名武工队员随即放两枪，引北渚保安团出来。保安团发现伪乡长的尸体后会往江阴县城方向搜捕。而武工队员早已在敌人包围圈之外，隐蔽到一户地下党员的家里，到第二天夜里再伺机撤回长安桥。他们的任务就是一箭双雕：一是击杀罪大恶极的伪乡长，杀一杀国民党保安团的邪气；二是搞出点动静，把北渚保安团的注意力吸引到江阴县城的方向，掩护界泾河里新四军根据地运送武器弹药的一艘西漳大船顺利通过义仁桥哨卡。

范师傅这一组的行动进行得很顺利，与此同时，老马那一组通过"水中桥"上了北岸后潜伏到义仁桥哨卡的后面，看清看瓜棚里只有一个哨兵，悄悄地包围上去把那哨兵解决了。一名武工队员穿上了哨兵的衣服，假装放哨，其他几名队员隐蔽在看瓜棚附近。晚上9点不到，就见远处保安团方向有两个敌人向着瓜棚走来，应该是来换岗的。那两个敌人大老远就在田埂上叫："小狗，小狗，团长叫我们来换岗！你倒好，对团长马屁拍得好，他让你回去陪他打牌喝酒，真舒服，我们要在这里冻一夜了。"原来那个哨兵绰号叫小狗。假"小狗"一声不响，来换岗的敌人起了疑心，拉响枪栓，一步一步，小心翼翼地往看瓜棚里走……老马见此情况不妙，示意几个队友注意，一旦敌人靠近"哨兵"，马上夺枪，千万不能让义仁桥这里发出枪声。正当老马带领队友准备出击时，突然，江阴县城方向传来两声枪响。两个敌人停住脚步，愣了一下，紧接着就对"哨兵"喊道："小狗，保安团有枪声，出事了！你，你继续站岗，我们回去，我们回去。"说着撒腿就往回跑。

老马心中大喜，知道范师傅那一组已经完成任务，既消灭了敌人，又把北渚保安团的敌人往江阴县城方向成功调离。不一会儿，一艘载重七八吨的西漳大船从远处摇来，穿过义仁桥，往古庄白荡方向摇去。那船上装满了大白菜，吃水很重。老马一声不吭地向船上的人挥手致意。他知道，这艘西漳大船就是新四军根据地运送武器弹药的交通船。别看船舱里装的是大白菜，其实这船有暗舱，暗舱里装满了宝贵的武器弹药。

船越来越远，直到不见踪影。老马挥挥手，武工队员们回到义仁桥东边五六百米有芦苇的河边，把隐藏在芦苇里的菱桶和大木盆放到河面上。他们满脸笑容，通过"水中桥"，静悄悄地回到南岸。范师傅也再一次来到界泾河北岸，看着老马他们上岸，南北两岸一起把"水中桥"隐蔽好，然后，范师傅回到了保安团，老马和武工队员们也回到了长安桥的宿营地。

第三篇

牺牲

1.

不灭的星火

1938 年 11 月，无锡县长安桥镇北二里许的朱巷小学来了一个潇洒、英俊的青年教师。他就是钱星火。是上海地下党把他介绍给无锡县委的。钱星火被派到锡北长安桥，化名陆平，在朱巷小学以教师身份为掩护安顿下来。

陆平老师知识渊博、多才多艺，文化课及音乐、美术、体育课样样都教得好。他讲课有声有色，深受学生们的喜爱。听陆老师课的学生总是挤满了整个教室。

长安桥有一座很小的戏馆，自从沦陷以后，好久没有演戏了。一天，戏馆正门大开，里面座无虚席，人们被在舞台上慷慨激昂演讲的陆平老师深深吸引。陆老师讲了一百多年来中国人民遭受到的种种屈辱，讲了日本侵略军在中国烧杀奸淫的种种罪恶，讲了国民党政府的不抵抗政策，讲了中国共产党团结各族人民共同抗日的主张……大家都很佩服这位陆老师，民众抗日情绪高涨。

青年教师和高年级学生像铁钉遇上磁石一样向钱星火靠拢过

来。不久，钱星火在教师队伍中发展了六位党员，建立了小教支部。他们团结进步青年组织壁报队、歌咏队、战时剧团，在城乡人民中宣传抗日救亡。

这是钱星火点燃的一团烈火，它给在黑暗中摸索的人们照亮了道路。此时，街上贴出了《女声》墙报，号召妇女群众快快砸断束缚自己的锁链，走向社会、投身抗日的洪流；师生们发起慰劳抗日将士的义卖募捐，镇上的居民纷纷争着购买；年轻力壮的有志青年纷纷报名参军，走上武装抗日的道路。"江抗"东进途经长安桥，一面面鲜艳的锦旗、一袋袋可口的食品、一双双结实的军鞋被人们扛着、挑着，送向"江抗"司令部。

1940年9月，"江抗"东路指挥部为了加强领导锡澄虞地区根据地的开辟工作，成立了中共锡澄虞工委，钱星火被任命为工委委员，派到王家庄，筹建王家庄办事处。

钱星火或身穿灰布长衫，穿梭于各镇之间与领导频频交谈；或腰系青色竹裙，来往于乡村田陌之间，与农夫、雇工推心置腹地谈心。钱星火有文化，动员能力强，深得众人拥戴。每到一地，大家都愿意拉着他住在自己家里，并暗中叫自己的子女为他站岗放哨。

王家庄办事处的抗日活动如火如荼地开展起来了。钱星火派出一批民运工作队，分别到三县边区的港下、陈墅、顾山、北漍、

小宣 / 绘

周家码头开展工作；邀请地方开明绅士共商抗日大事；组织税收人员在三县边区的水陆交通要道设卡收税，筹集活动经费……

    钱星火深感在这斗争尖锐复杂的三角地区，没有一支握枪的工作队不行。可是，到哪里去弄枪呢？有一天，钱星火和一户大地主家的长工谈心。长工悄悄告诉他："这里有国民党溃退时留下来的一批枪弹，被我的东家收藏着。"果然，他们从隔弄里搬出了三十多支长短枪。

    有了枪，还要人！有一天，钱星火刚刚接收了一个青年农民。青年前脚进门，他的父母后脚便赶来"拖后腿"了。他当面做说服工作："谁不爱自己抚养长大的孩子？谁不留恋自己温暖的家？可是，现在成千上万的家在侵略者的屠刀和枪炮下毁灭！你们搂着儿子，就能保护得了他吗？你们守着大门，就能护住自己的家吗？"钱星火讲着讲着，刚才还哭闹着的两个老人，停止了哭泣，反过来劝儿子好好跟着钱主任，早日把日本鬼子赶出中国。

就这样，六七十人的常备队建起来了，成为创建锡北抗日根据地的一支武装力量。钱星火借助它，堵塞过日伪军的水上通道，拦截过奸商的贩粮车，保障王家庄办事处正常开展工作。

1941年3月，钱星火带领三十多个常备队战士及民运工作队的八九个女同志，在沈舍里附近组织选举村政权。一切都很顺利，抗日民主政权的力量得到了壮大，钱星火浑身充满了干劲，召集个别同志商量下一步工作。

"啪！"突然，一声清脆的枪声就在附近几十米的地方响起。钱星火立即中止会议，快步赶出屋子，正遇上班长郭生上气不接下气地向他奔来。

"出了什么事？"

"没，没事，是我的枪走火！"

走火？这是什么时候？！根据站岗放哨的常备队员的汇报，伪军和几十个日军正向斗山靠拢，意在对我出其不意地"扫荡"，破坏我抗日民主政权建设。敌人本来是盲目行动，但是这一枪却完全暴露了目标。钱星火来不及批评和处分这个冒冒失失的班长，当机立断集合队伍撤退。

为了掩护女同志、分散敌人的注意力，钱星火率领常备队员向反方向撤去。敌人紧紧追赶，不断射击。钱星火指挥队伍一边反击，一边分成三路撤退。不一会儿，枪声渐渐稀疏，春天的原野又恢复了宁静。钱星火一行七八个队员走进四面是河的潘巷上时，被敌人包围了。敌人密集的子弹铺天盖地向他们压去，文化教员金东中弹牺牲。钱星火腿部也被击中，血涌如注，跌倒在村东的一丘麦田里。几个日军嗷嗷直叫，向他猛扑过去。钱星火咬紧牙关，强忍剧痛，向麦田中心的一座孤坟爬去，爬到坟堆西侧，手握白朗宁，准备与日军拼个你死我活。无奈子弹已用尽，他的胸膛被日军戳上了罪恶的一刀。

年轻的英雄洒下的热血，浸红了锡北的碧绿麦苗；他点燃的星火，在锡北的秀丽大地燎原。

2.
"胆大王"的壮烈人生

1937年，看到家乡人民因日军侵略流离失所、生活在水深火热之中，14岁的华友田就萌生了当兵杀鬼子、保家乡的想法，参加了村民组织的儿童团。16岁时，华友田成了"江抗"独立二支队的一名战士，在锡澄虞地区与日寇进行正义与邪恶、侵略与反侵略的激烈拼杀。

1939年10月下旬，部队攻打张泾镇敌据点时，突遇设在路口的一座大碉堡的火力阻击，几名战士负伤，冲在最前头的一位战士大腿中弹，躺在离碉堡很近的路旁，处于敌方射程之内，随时有可能被子弹击中。

华友田十分焦急，他察看了地形，发现那名伤员躺倒的地方左侧有几幢民房可利用，便请求三中队长用火力压制敌人，自己带着两个战士和一副担架迂回到距伤员不远的民房里，打通土墙，把伤员从敌人的枪林弹雨中救了回来。

战斗结束后，三中队长把华友田夸了一番，说四班那个小长安佬很机灵，敢于拼命，是个"胆大王"。于是，上至团长、政委，下至普通战士，全团指战员几乎人人都称华友田为"胆大王"。

1940 年 6 月，中共无锡县委对"江抗"独立二支队进行了整编，加派了领导力量，改称"无锡独立支队"，作为一支战斗力较强的地方游击队，既负责保卫县委机关，又打击日伪顽势力。

"胆大王"华友田给陈永辉大队长留下了深刻的印象，被挑中担任陈队长的警卫员和侦察兵。我方需要摸清敌情，特别是弄清日伪军人员与装备情况，陈队长就把这一任务交给了"胆大王"华友田。

那天，华友田带着三个侦察员化装成商人混进了无锡县城。日军主力驻守在一座大庙里，戒备森严，侦察员无法接近。

怎样进入大庙呢？华友田眉头一皱，计上心来。

他假扮成疯子，全身涂满牛粪，嘴里啃着一块"牛粪光饼"。不一会儿，"疯子"装疯卖傻地出现在庙门口，守庙日军看见"疯子"啃"牛粪"，乐得哈哈大笑，"疯子"趁机闯进了大庙。

当华友田被日军赶出来时，情报已经到手了。他向陈永辉队长汇报了日军守备情况，队长听后十分满意，立即作出了消灭县城守敌的决策。

日军的疯狂"扫荡"使游击队的活动十分被动，常常一天转移好几个地方。一天夜里，华友田他们借住在崇福寺内，因数日行军打仗的疲惫，大家一躺下就入睡了。大约到四五点天快亮时，华友田发现自己睡前用来顶门的木柱已被丢在一旁，头道门已打开，紧接着大殿的屋顶上传来了脚步声。他意识到情况不妙，断定有和尚告密，他们被包围了。他立刻走出房门去通知陈队长和战友们，大家一起突围。

华友田悄悄顺着墙根从小东门溜出，走了不到 10 米，就隐约发现鬼子用三挺机枪封住去路，数百名鬼子、伪军慢慢地围了上来。汉奸司令在晃动的黑影中声嘶力竭地狂吠着："快出来投降……"这时，华友田心里只有一个念头，那就是掩护首长和战友们冲出去。

于是，趁另一位战友向西墙外扔了两颗手榴弹作掩护，他们一行从小东门飞速冲出。有几个鬼子追上来，华友田挡在最前面，双方冲杀在一起，展开了"白刃肉搏战"。激战中，华友田一人连续刺死了两个鬼子，吓退了后边的鬼子。

华友田和战友们在黑暗中顺着沟跑了一段路，钻进一个大石洞里。这时天公作美，突然下起了小雨，冲掉了他们留下的脚印。天亮后，鬼子在寺庙附近搜寻了四个多小时都没发现他们的踪影，便气急败坏地离开了。

1941 年 7 月，敌人凭借人多势众、装备精良，气势汹汹企图一举"荡平"我抗日根据地。日寇用重机枪封锁各个河道口，华友田为掩护首长和战友们顺利突围，毅然驾驶一条小渔船，把日军引向自己。他身中数弹，依然屹立于船头指挥作战，最后壮烈牺牲，时年 20 岁。

小宣／绘

"革命成功一定回家"

1944 年 1 月，隆冬季节，寒风如剑。在江阴码头，怀孕的季秀英送丈夫刘真国登上长江上的轮船。

汽笛长鸣，轮船离岸。季秀英倚着栏杆，目送轮船载着丈夫远去，直到看不见船头上丈夫的人影，才掉头返回。

一路风尘，加上孕期反应，季秀英甚感乏力，一回到长安桥老家就躺倒在床上，耳边回荡起爱人的声音。临别那晚，丈夫曾对她说："英妹，革命者也是人，也有情爱。可是伟大的事业抑制了这种软弱的感情，即使心中有了爱，仍要约束它，使它不妨碍事业。组织上派我去苏北根据地学习工作，这是千载难逢的机会啊。希望你十二万分地保重自己，这是我最不放心的……"

如胶似漆的小夫妻，新婚不久，谁也离不开谁。可是为了革命事业，他们只能压抑住心中的感情，分居两地，鸿雁传书。

半年后，季秀英生下一个男孩。此时，在苏中三分区新兵二连参加军政训练的刘真国，结束训练后随姚家初、张卓如等人组

131

成的中共锡澄县委，渡江南下回到无锡开展抗日武装斗争。

季秀英欢欣地等待一家人团圆，可是，刘真国只在儿子满月的那天匆匆回了一趟家，第二天便抛下母子，几个月不见影踪。

她的心中充满了酸楚，还没来得及跟爱人倾吐心声，便只能沉浸在思念里。但是她又为自己的丈夫骄傲：在战场上，他勇敢不怕死，每次战斗都能胜利完成上级交给他的任务。1945年春"义仁桥战斗"打章晓光，1945年夏"八士桥方唐巷战斗"打王炳珊，刘真国都是冲锋在前，撤退在后，处处起模范带头作用。大家称赞他是县大队最骁勇善战的革命战士。

日本鬼子投降了，中国人民胜利了，刘真国和季秀英这对小夫妻渴望民主与和平，憧憬着建设一个强盛的新中国，一个富饶的新无锡。然而等待他们的是国民党反动派的倒行逆施，发动内战。为了顾全大局，江南的我军主力奉命北撤，党组织决定让刘真国留守江南，到长安区任武工组副组长。

季秀英又怀孕了，刘真国的工作却越来越忙。季秀英觉得自己也应跟随丈夫的步伐，她毅然加入了革命事业，经常为武工队送饭、送水、送情报。产期将近，刘真国歉疚地抚着季秀英的脸："真不巧，你每次生产，我总是不能陪你。革命成功一定回家，天天陪你。"

夫妻俩心知肚明：为了解放全中国，必须牺牲"小爱"，成

小宣 / 绘

就"大爱"。季秀英泪流满面："你放心，干好你的工作，注意安全。我和孩子绝不会拖累你。"

谁曾想，这一别，成了他们的永诀。季秀英再也等不到她的丈夫回家。

1945 年 12 月上旬，长安区武工队宿营于万巷。那天，东查区武工组赵志芳等人员来联系，研究今后工作计划。午饭前，驻八士桥的保安中队百余人，从万巷驻地村边的路上经过，往长安桥方向去。武工队暂时撤到村后，做好战斗准备，但看到敌人没有停留，一直往长安桥走，当时大家分析认为，敌人过万巷时没有发现武工队。因白天转移目标大，容易暴露，故六家继续在原地开会。

下午四时左右，在田里劳动的群众跑来报告，说从长安桥方向来的敌人，正在抄小路奔袭万巷。刘真国立即布置东查区武工组先撤。赵志芳等人刚出门，敌人已从西、北两面呈扇形包围过来，一部分敌人已进村。敌人一个区自卫队和一个保安中队，共一百多人，配有轻机枪、冲锋枪，仗着人多、火力强，向武工队疯狂扫射。

刘真国他们虽然多次发起冲锋，但终因武器、人数都不如敌人，均未击退敌人。刘真国考虑，由于敌众我寡，缺枪少弹，不能和敌人打持久战，便劝告赵志芳等人立即向别处转移，由他带领警卫员邹阿二负责掩护。赵志芳非要自己留下掩护，两个人争执起来，都想让对方先转移。刘真国只好说："我是这里的主人，对这一带地形熟悉，更有利于摆脱敌人。"

那时，正值农民打稻脱粒，场地上堆满了稻垛和稻草堆。刘真国他们利用稻垛和稻草堆作掩体，连着向敌人掷了十几颗手榴弹，敌人在手榴弹的爆炸声中后撤。趁着手榴弹散发出阵阵浓烟之机，东查区武工组的人员冲出了包围圈。

万巷村边有一条河坝，刘真国和邹阿二以坝体作掩护，用手榴弹和驳壳枪还击敌人，掩护战友们撤退。刘真国故意吸引敌人，接连向敌军开了数枪，并高声喊道："匪军们，我是新四军，我是游击队，有本事朝我来，不要祸害群众！"喊罢，又连发数枪。他们边打边撤，突出重围后，撤到南庄巷。刘真国不幸被尾随的敌人开枪击中，壮烈牺牲，年仅 26 岁。

4.
悔婚

长安区武工队有位队员叫辛阿根，出生在无锡城里的一个裁缝铺家庭，十七八岁就参加了地下党的外围组织。1943年初，辛阿根奉命到苏北新四军根据地报到，离开了自己的家乡无锡，那年他21岁。

阿根有个未婚妻叫阿英，是从小玩到大的青梅竹马。阿英也20岁了。本来，两个人前两年就要谈婚论嫁，定好择良辰佳节举办婚礼，可是，阿根悔婚了。

阿根悔婚，阿英非常生气！

一天，阿英气冲冲地找到阿根。他们本来就是青梅竹马，无话不谈，也没有什么难为情的。阿英问阿根："你为什么不肯结婚？听说你最近经常去师范学校，难道你喜欢上了哪个女学生，嫌弃我了？"阿根拉着阿英的手说道："没有的事。我现在不想和你结婚，是因为想想自己都要结婚生子了，可是，我只能帮着父母在裁缝铺里打打下手，想和你到王兴记去吃碗馄饨都要伸手向爸妈要钱，更别说去施太盛买一段阴丹士林的面料帮你做旗袍了。所以呀，我想去上海闯闯，看看能不能到上海开一家裁缝铺。等我自己能够赚钱了，我们再结婚，你说好吗？"阿英想：说的有点道理。她嘟着圆润润的嘴巴说道："那你就带我一起去上海呗。"阿根说："阿英，我也想呀。可是，万一我在上海一时还没有落脚的地方，也许要到十六铺码头去扛大包，我怎么舍得带你一起去受苦啊！"就这样，他们约好过一段时间，等阿根在上海稳定了，就回家结婚。

阿根走了，说是到上海，可是没多久阿英就知道阿根是去了苏北新四军根据地。阿英没有不开心，心里反而暖乎乎的，只是经常会担心阿根。阿英自己也在帮着纱厂女工偷偷地贴红色宣传单呢。

一年多过去后，有个小姐妹偷偷地告诉阿英，新四军回来了，都在无锡城外的乡下，他们经常会去一些比较偏僻的小村庄。阿英想，我要去找阿根，要么让他回家结婚，要么和他一起参加新四军。

阿英参加过很多进步活动，还掩护过到城里来的地下党交通员，所以，有一位地下党大伯要出城，阿英就装作他的女儿，两个人相互配合掩护，顺利通过了敌人的关卡。阿英找到了长安区武工队的一个驻地，终于找到了武工队员阿根。

阿根见到阿英非常开心，两个人躲到村里的稻柴垛后面说起了悄悄话。

阿英说双方父母都希望他们早点结婚，说是参加新四军也是可以结婚的。阿根说："我也想结婚，但是……"阿根不想说了，阿根知道自己天天身处枪林弹雨之中，怕自己哪一天真的牺牲了，不就是害了自己最心爱的人了吗！

阿根搂着心上人的肩膀，温柔地在阿英耳朵边说："阿英，告诉你一个好消息，我们全国的抗日战争已经进入战略大反攻阶段，战争已经胜利在望了。我保证，把日本侵略者赶出中国，抗日战争全面胜利的那一天，我们就结婚。我们到迎宾楼摆上几桌，我亲手给你做一件阴丹士林绸缎旗袍，风风光光地把你娶回家！"

阿英虽然希望阿根能和自己早日完婚，但她也知道阿根的信念，包括自己的内心深处也有着一股强烈的愿望，希望不要在日本侵略者的刺刀下结婚。于是，阿英庄重地点点头。同时，她也严肃地对阿根说："我也要参加新四军，我要和你并肩战斗！"

于是，阿根带着阿英去见武工队的队长。队长先是对阿英表示热烈欢迎，又严肃地和阿英谈话说："阿英，我知道你和阿根一样，是进步的热血青年，我们的队伍欢迎你！但是，我们的工作要有分工。我们长安武工委慎重考虑并同意你参加抗日的要求，也慎重研究决定，你马上回家。"

"啊？！"阿英很生气，带着哭腔说，"队长，你不能骗我呀，刚刚说好的，同意我参加抗日，怎么还没有出这个门就不算数了呢？"阿英抽泣着，都快哭出声音了。

队长连忙安慰阿英："对不起对不起，是我没有把话说清楚。是这样的，阿英同志，我们研究决定你加入我们的队伍，作为地下交通员回到城里，回到家里。我们武工队有需要的时候会到家里来找你。记住，如果我们地下党和武工队的交通员来找你，一定要对上接头暗号。接头暗号是……"队长对着阿英耳朵悄悄地

周紫涵／绘

说了几句话。阿英终于眉开眼笑，告别了阿根，告别了队长，回到无锡城自己的家里。

又是一年多过去了。这一年里，阿英每个月几乎都会转送几次地下党的情报。1945 年快到年底了，阿英心里一直非常愉快，因为日本侵略者投降了，阿英和阿根的约定，今年春节一定可以实现。一天，武工队的队长来了，阿英喜上眉梢，爸妈也笑盈盈地端茶倒水。可是，队长却好像一肚子心事。终于，队长从包袱里拿出一件带血的粗羊毛背心，阿英认得，这件背心是阿根骗她说去上海，分别时，阿英亲手帮阿根穿到身上的。一瞬间，阿英手里的西瓜籽盘掉到了地上，"擦啦啦"，玻璃碎了一地。阿英两个耳朵嗡嗡直响，两眼发直……

阿根在无锡最后一次对日本鬼子的战斗中，为了保护战友，光荣牺牲了！

5.
不负使命显神威

严风威是大革命时期的老党员。抗战初期，他敏锐地意识到组织群众抗日武装是当务之急。刚开始一支枪也没有，严风威卖了自家一亩多田，买了六支枪，再加上群众拾到的国民党军队溃逃时丢掉的部分枪支，他们成立了一支有四十支枪的地方武装——白旦山武装通信排。

一天，他们获悉有一股日伪军要从谈村经过鸭成桥，"扫荡"查家桥。严风威带领白旦山武装通信排在鸭成桥以北的吼冲埋伏，痛击日伪军，毙伤十余人，缴获步枪十多支，大大鼓舞了锡北人民的抗日热情。

1939 年 5 月上旬传来特大喜讯，共产党领导的江南抗日义勇军（新四军）东进无锡。严风威率领自己的部队，在万安桥与新四军部队会合。经过改编，白旦山武装通信排组成了江南抗日义勇军独立支队，严风威担任参谋长、支队长以及无锡独立支队副司令员。

为了驱逐和瓦解国民党"忠救军"十支队周振纲部，由严风威主持布置夹山支部，侦察"忠救军"十支队的活动情况，及时报告新四军。叶飞、何克希决定立即兵分三路，其中一路是严风威的独立支队，痛击周振纲部，击溃了两个大队，缴获轻重机枪20余挺，步枪300余支。从此，"忠救军"十支队在锡北地区一蹶不振。

锡澄虞地区的抗战形势发展很快。1940年冬，谭震林在祝塘召开了"新江抗"军政干部大会，宣布成立锡澄虞总办事处，主要任务是加强抗日民主政权的建设。严风威是总办事处的秘书长，兼交通总站站长。

在工作中，严风威积极努力，卓有成效。锡北区的党政干部都亲切地称他为老大哥。他为锡北乡抗日根据地的开辟、创建、巩固、发展作出了很大贡献，深得群众的信任与尊重。

1943年6月，国民党掀起第三次反共高潮，反"清乡"斗争进入白热化阶段。时任中共锡北工委书记兼办事处主任的严风威，来到长安地区了解工作。长安的长枪班战斗频繁，伤员较多，隐蔽困难，尤缺医药。在这艰苦困难的情况下，有些战士对反"清乡"斗争产生了消极埋怨情绪。严风威书记当即召开会议，出主意，鼓士气。

他坚定地说："反'清乡'斗争在政治上对敌人是个严重打

击。敌人吹嘘在'清乡'区已'消灭'了共产党，我们更要把革命的红旗插在锡北这块土地上。我们镇压了罪大恶极的汉奸走狗，开展了反征税、反征粮斗争，保护了群众利益，人民欢欣鼓舞，敌人寝食不安，反'清乡'是人民群众的迫切要求。至于活动方式，可以随着形势的发展而灵活运用。为了减少目标，你们可以把步枪隐蔽起来，以短枪为主，组成武装小组，有分有合，根据锡北水网地带河、塘、港、湾多的特点，可以水陆两用，有时进村庄，有时在船上，迷惑敌人，打击敌人。"

周紫涵／绘

遵照严风威书记的指示，长枪班为减少目标，脱掉军装，改穿便衣，利用锡澄界河两侧的芦苇荡，在陆上和水上开展活动，坚持反"清乡"斗争。

1943年10月中旬，严风威在转湾头一带活动时，遭敌人袭击，突围过程中壮烈牺牲，同时遇难的还有锡澄虞中心县委委员史雨生。

6.

甘洒热血沃中华

1944 年夏，锡西北武工队自苏北根据地南下来到吴天雄所在的村庄。这个 23 岁的小伙子看到武工队张贴新四军布告，散发抗日救国的标语、传单，想到自己的父母、乡亲、朋友正在日伪的铁蹄下惨遭蹂躏，他心里涌起一股冲动：到他们中间去，跟他们并肩战斗，把寺头从敌人的血腥统治中解放出来。

吴天雄带着他的弟弟汉京主动接近武工队，为武工队寻找宿营地，站岗放哨，监视敌人，传送情报。经过一段实际斗争的考验，吴天雄和同村几个青年组织起来，建立了寺头地区第一个抗日保家小组。小组建立以后，吴天雄和组员们更加活跃了，他们积极学习抗日救国的宣传材料，向周围村子的亲戚、朋友宣传抗战形势，并配合武工队四处张贴江南挺进支队司令部印发的布告，沿锡澄公路两侧一直张贴到无锡市区北栅口和火车站附近，扩大了新四军的政治影响。

1944 年冬，长安区伪警察署派了一个巡官到寺头派捐收税并搜集武工队情报。吴天雄和小组的组员们商量，要阴掉这个巡官，以减轻群众负担和掩护武工队开展活动。一天晚上，小组的几名成员带着手榴弹和刺刀，摸进了巡官的家。这个坏蛋正在房中喝酒、唱小曲。吴天雄举起刺刀喝令不许动，巡官惊呆了，举起了双手，小组的几个人员用绳子把他捆起来。因事先没有与武工队联系，又缺乏锄奸工作的经验，抓了敌人不会处理，他们只得把巡官关押在吴天雄家里。家属怕敌人"清乡"，又怕巡官逃跑，带来灾祸，正在发愁。恰好那天武工队在寺头附近活动，闻讯赶来，搞清了情况，立即把巡官就地镇压，消除了后患。吃一堑，长一智，经过这次实践，吴天雄对敌斗争水平迅速提高了。

1945 年春，中共锡澄县长安区委在寺头地区发展秘密党员，吴天雄加入了中国共产党，并被吸收为长安区武工队队员。在吴天雄的影响下，他的弟弟汉京和同村的几个青年也先后参加了武工队。

寺头附近冷水湾村有一个伪保长，帮敌人强行征税，十分卖力；贪污公款，欺压人民，该村群众非常恨他。吴天雄领导群众开展反征税反贪污斗争，组织算账小组，清算伪保长的账目。在群众斗争的压力下，伪保长承认贪污税款，表示愿意退还给群众。经过斗争，冷水湾村的群众，特别是青年，更加拥护共产党。吴天雄把青年组织起来，建立抗日保家小组，并从中物色和培养建党对象，经过一段时间的教育和考验，把斗争中的积极分子孟二大、王和根等吸收入党，建立了冷水湾村的党支部。

随着思想水平和工作能力的不断提高，吴天雄被任命为长安区委宣传委员。一次研究工作中，由于在长安桥的南万巷被敌人包围，吴天雄等人突围到了东查区。根据上级指示，为保存有生力量，长安、东查两个武工队撤到外线。到了上海，因吴天雄有做菜的手艺，组织上分配他去江南饭店工作。在此期间，他认真

小乔 / 绘

负责，有时去厨房掌勺，有时去堂前抹桌子、扫地，把江南饭店搞得生意兴隆，宾客盈门，为江南办事处机关积蓄了很大一笔工作资金。

1947 年 5 月，锡澄武工队镇压了寺头国民党的镇长杨永兴。敌人在寺头西漳地区发动"清剿"，抓人、烧房子，吴天雄家的房子被烧坏。敌人抓了吴天雄的叔叔作人质，威胁家属找吴天雄回来自首，以交换叔叔。家属急于救出叔叔，去上海找到了吴天雄，共商对策。吴天雄以革命大义教育家属，揭穿敌人的阴谋，鼓励家属要坚持斗争，决不向敌人屈服，不能让敌人的阴谋得逞。在这紧要关头，组织上也派人去上海联系吴天雄。他瞒过了家属，毅然下乡参加武装斗争，先在张寨区任组织科长，后因工作需要，调任澄南区武工委副书记，主持澄南工作。

吴天雄说话不多，重于实干。在武工队活动地区白色恐怖的气氛下，建党工作特别艰难，但吴天雄充满信心，又很耐心，从斗争实践中，考察和培养积极分子，从中选择建党对象，一个个做耐心细致的教育工作，启发阶级觉悟，又发动他们开展多种形式的抗丁抗粮抗税斗争。培养一个建党对象，往往要反复多次，才能成熟。发展新党员后，他积极创造条件，建立党小组和支部，以发挥战斗力。

1948 年 4 月 28 日，吴天雄在陆家桥附近的朱蒋巷听取工作汇报，研究为两名烈士开追悼会等事宜。处理完这些事情，刚出门，村子周围手电筒光四射，枪声密集。吴天雄突围到庙基上，被敌人打伤，不得不隐伏在麦田里，坚持到早晨。敌人发现血迹后，跟踪寻找，吴天雄仍顽强战斗。敌人的包围圈越缩越小，吴天雄最后被敌人乱枪击中要害，壮烈牺牲。

7.
宁死不屈

1946 年，周耀清从苏北根据地南下，经上海进入锡北地区，利用自己的社会关系做掩护，开展武装斗争。他曾在分区教导队学习过，有一定的军事素养，短枪打得比较准，是当时锡北地区唯一的地方军事骨干，加上他家住长安桥西河头，人地两熟，也便于隐蔽。

周耀清家开办的砻坊地处偏僻，中共地下组织、武工队都选定他家的砻坊作为落脚点。他特地建了密室，热情地为武工队提供食宿。武工队需要购买枪支，他慷慨捐赠大米三十石。

就这样，上靠党组织，下靠老百姓，武工队的影响不断扩大。

在夜袭寺头自卫队、镇压国民党镇长杨永兴的行动中，周耀清与战友燕柏生分别化装为无锡城防指挥部特务队的正副队长，密切配合，顺利地完成了任务。

在艰苦的斗争中，周耀清勤俭节约，吃苦在先，享受在后。他一不吸烟，二不喝酒，把每月三元钱津贴费省下来买钢笔、笔记本等学习用品。冬天，上海大中华橡胶厂的几位民主人士和工人们给武工队送来一部分卫生衫，以作慰劳。县武工队给澄南发去一部分卫生衫，但数量不够。周耀清在县武工队开会时，领导考虑他身体差，当面发给他一件。他回到锡北后，给武工队员每人发了一件卫生衫，把领导发给他的那一件也发给了武工队员。

1946 年 12 月，周耀清随澄南武工队在潘巷上一带活动时，被国民党大部队包围。经过激烈战斗，双方伤亡甚大。最终因寡不敌众，子弹消耗殆尽，周耀清不幸被捕。

敌人提审时，用手枪顶着周耀清的脑门狂吠："你要交出锡北县委名单，说清楚他们在什么地方；不然，就枪毙你！"

周耀清大义凛然、从容不迫地回答："县委都走了，只剩我一人，开枪吧！"

敌人看这一套不行，又来一套，把他带进审讯室，指着压杠、绞绳和烧红的烙铁，威胁道："你再不交代，我们就不客气了！"

周耀清斩钉截铁地说："我们共产党人是不怕死的，你们要杀就杀；想让我出卖组织，办不到！"

残暴的酷刑压服不了周耀清，敌人就又变换手法，由"要员"出面，用高官厚禄引诱他投降，说："只要周先生表个态，再不干共产党，我们绝对保证你的人身安全，还给你官当。"周耀清横眉冷对，岿然不动。接着，敌人拿出纸笔，要他写悔过书。他轻蔑一笑，将纸撕得粉碎，大骂敌人，骂得那些"说客"瞠目结舌，只得败阵收场。

次日，敌人又玩弄新花招，他们用周耀清的名字和口气编写了一份"悔过书"要他签字。周耀清气得咬牙切齿，说："你们这些强盗真是卑鄙无耻到了极点！"敌人恼羞成怒，将周耀清的锁子骨用铁丝穿着，残杀于察门以西何家塘。牺牲前他大骂国民党，高喊："中国共产党万岁！"

小乔／绘

8.

一只左手闹革命

1947 年秋，国民党首都卫戍司令部所辖"苏浙皖边区清剿指挥部"，在无锡、江阴地区对锡澄武工队发动了一次全面"清剿"。

在部署反"清剿"斗争之际，锡澄武工队队员辛进发给武工队的队长引荐了一位特殊的人物——古湾小学教师马阿满。别看这个阿满老师只有一只左手，但他神通广大，通过内部关系从"清剿指挥部"获取了宝贵情报。

队长通过阿满老师了解了敌人的"清剿"意图：一是寻找我指挥机关，务求一网打尽；二是"围剿"我武工队，彻底消灭；三是分割和缩小武工队活动地区，使武工队难以立足，无法生存。

马阿满功劳巨大，他提供的这份情报，对锡澄武工队粉碎敌人阴谋，夺取反"清剿"斗争的胜利起了重要的作用。但他的党籍问题仍需要由组织证明。

据辛进发讲，马阿满家庭贫困，从小在长安桥种租来的田地过活。1939 年新四军东进，马阿满参加了新四军领导的"江南抗日义勇军"。他 1940 年加入中国共产党，在一次战斗中被敌人打断了一只手臂，成了独臂战士，后调到地方做青年工作。1941 年 8 月，日伪军在锡澄虞地区发动"清乡"，马阿满随新四军第六师的十八旅北撤苏中，在苏中二分区江都县工作。1946 年，国民党反动派撕毁停战协定，向苏中解放区大举进犯。我军在取得有名的"七战七捷"之后，主力部队向陇海铁路以北作战略转移。就在这时，马阿满与组织失去了联系。他历尽千辛万苦，辗转回到了老家，经当地一些熟人的帮助，在一座破庙里开办了古湾小学，以教师身份为掩护，开展秘密工作，同时积极寻找党的组织。

队长要辛进发转告马阿满，请他把入伍入党的简历和领导机关的证明人等信息写成一份材料，由锡澄县武工委转请江南工委调查核实。在未取得组织证明前，马阿满可先以积极分子的身份，在群众中开展秘密工作，宣传斗争形势、组织抗丁抗粮小组、收集敌人情报等。

由于当时苏中根据地斗争形势紧张，调查核对的工作是在非常困难的条件下进行的。过了一年多，直到 1948 年冬，江南工委才来信告诉锡澄武工队，马阿满的入党入伍和工作简历是事实，同意恢复马阿满的党籍，由他们接上组织关系，并安排他的工作。

根据江南工委的指示，锡澄武工队队长约马阿满到西庄村辛进发家里，当面谈了两次。当谈到江南工委来信批准接上他的党

叶子 / 绘

籍时，马阿满激动得热泪盈眶。他拉着队长的手说："我与组织失去联系后，犹如孩子失去了母亲，朝也盼，夜也盼，盼着重新投入母亲的怀抱。感谢组织对我的关怀和信任，让我重新获得了政治生命。我一定不辜负党的期望，为党和人民的事业献出自己的一切。"

考虑到马阿满在抗日战争中失去了一只手，如参加武工队，行动上有所不便，锡澄县武工委决定，马阿满仍以教师身份作掩护，在地方开展秘密工作，并确定由长安区甲种党（即武工队系统的地下党）区联络员郭行与马阿满直接联系。

马阿满接上组织关系后，工作更加积极。他本来在古湾小学周围已团结了一批积极分子，建立了抗丁抗粮小组。接上组织关系后，他便在这些积极分子中上党课，选择建党对象，发展了一批党员，并在陆埂巷和北窑等村建立了党支部。此后，长安地区甲种党的发展工作如火如荼。

1949 年初，根据形势发展的需要，武工队系统的甲种党和秘密党组织乙种党合并，马阿满离开古湾小学，任中共长安区工委书记，并受县工委的委托，负责领导长安和港下地区党的工作。

1949 年 3 月 8 日，长安区武工组在寨门以西何家塘宿营。马阿满正在召开积极分子会议，布置迎接大军渡江的准备工作时，驻扎在张泾桥的国民党军队包围了何家塘。在突围中，马阿满因不会游泳，隐伏在河边的树丛底下，不幸被敌人逮捕。

马阿满被捕后，受尽酷刑，坚贞不屈。他的哥哥嫂嫂曾去监狱探望过他。马阿满对他们讲："干革命总会有牺牲的，你们不要为我难过，告诉'家里人'（意指县工委领导），我决不变心！"

1949 年 4 月，无锡解放前夕，国民党部队败退至无锡新安镇附近，杀害了马阿满。

马阿满在人生道路上只度过了短暂的 28 个春秋，但他却用鲜血和生命谱写了自己光荣的历史，用一只左手闹革命，奏响了一曲感人肺腑的英雄乐章。

9.
无形的军礼

这是一场残酷的突围战！

中南同志紧紧握着陪伴了自己多年的手枪，这手枪曾经打死了很多敌人，帮助他完成了很多次战斗任务。今天，其他武工队员已经安全了，中南同志，我们英勇的战士，拿起手枪对准了自己的太阳穴……

1948 年春，敌人一直对锡北地区的武工队进行"清剿"，在长安及周边连续采取军事行动。由于我党安插在敌人内部的内线送出的情报及时、准确，加上广大老百姓的掩护，锡澄武工队展开游击战和运动战，及时地跳出包围圈，在敌人背后打击敌人。为了震慑敌人，锡澄武工队还巧妙地混进敌人设在长安桥的据点里，镇压了一个武装特务队长。敌人更是恼羞成怒，想尽一切办法要找到武工队。

突围战的前一天，有一位武工队员在锡澄公路拦截了一个伪乡长的汽车，搜查有没有武器，惊动了敌人。他们判断武工队一定在锡澄路沿线西漳、陈家桥等地，只是不知道具体是哪个村庄。

傍晚，武工委按原定计划召集长安、前洲、西漳武工队的组长在西漳钱石桥桥东村的一位党员家里碰头。拂晓，敌人突然袭击，包围了村子。这次行动，敌人集中了一个保安中队、张村自卫队和西漳的突击队，共二百余人。敌人的主要兵力放在西漳，保安队一个分队放在横排圩，一个分队去西漳街，其余兵力在尤家坦周围搜索。敌人四面包围，重点搜查，像"牵塘网"一样，这被敌人称作"拉网战术"。钱石桥桥东村正好在敌人的包围圈内。武工队在早晨六七点钟发现了敌情，当即部署撤退和隐蔽的方法。有的队员爬上房顶准备战斗。有的队员用稻秆堆成临时密室，但密室还未堆好，敌人已进门了。武工队员们马上掷手榴弹并用快慢机扫射，敌人转身往外逃。我们的同志都很坚定，选择好地形，严阵以待。敌人怕死，不敢进房子，只是用机枪和步枪组成火力网，向屋内扫射。就这样，从早上7时坚持到中午12时，我们的同志一个都没有牺牲。

敌人从无锡调援兵，调来一个警察大队、一个民众自卫总队，加上县政府的直属队，共有三百多人。集中在西漳的敌人共有五百多人，而我们只有五位同志，敌人仍不敢进房屋。这时，敌人想出一个恶毒的主意，强迫老百姓点火烧房子。在这次突围战中，广大群众损失惨重，这更加激发了他们对敌人的仇恨。群众关心爱护武工队如自己的亲人。一位队员隐蔽在一名群众床铺的地板底下，敌人威胁说要烧房子，群众宁愿房子被烧掉，自己挨打，也没有说出藏在地板底下的武工队员。军民鱼水之情，实在令人感动。

武工队决定突围，五位队员中有两位同志从后门边射击边向村后小河边撤退。中南同志主动承担掩护任务，和另外两位队员一起跃上了房顶，一面打，一面利用屋脊作掩体，越屋转移，越过了三十余间房子。一位同志跌落到一户老百姓的房内，中南同志以为他牺牲了，就安排另一位同志钻到一户群众家的屋檐底下隐蔽起来。中南同志为了掩护其他同志突围，跳下房，躲在一家农户的柴屋里向敌人射击，把敌人的火力吸引到自己这边。中南同志打得英勇顽强，手榴弹、子弹飞向敌群，打伤敌人多名，但终究寡不敌众，只剩最后一颗子弹了。

中南同志想起自从参加革命和战友们并肩战斗抗击日本侵略者以及国民党反动派，和乡亲们一起干农活、拉家常，以及自己的家人……他一想起自己的家人，就感到非常歉疚，不觉热泪盈眶：自己对得起党，对得起战友和首长，也对得起家乡人民，唯独对不起家人！

他默默地呼唤着妻子和孩子的名字，在心中向着苏北方向敬了一个无形的军礼。

叶子 / 绘

中南同志，我们英勇的战士，拿起手枪对准了自己的太阳穴……

啪——一声枪响，完成了他为共产主义奋斗终生的伟大理想！

10.
钢筋铁骨贯长虹

抗日战争期间，日军推行"以华制华""分而治之"的方针，他们不设自己的行政机构，而是建立和扶植汉奸傀儡政权。我地下人员机智勇敢地打入伪机关，在县城、乡镇的夹缝中坚持斗争，在广大农村巧妙地抗击日伪。

党组织经过慎重考量，委派刘旭旦打入日伪阵营。刘旭旦通过敌伪政权招考民政科自治指导员的机会，成功打入敌人内部。担任久安乡乡长后，刘旭旦细心观察，将敌人的一举一动用心记录下来，利用休息时间，将情报传递给锡西北武工委，有领导、有组织地进行各种隐蔽斗争。

1944年秋季，锡北地区遭受历史上罕见的螟虫灾害，稻田里是成片的白穗，长安区的长治、久安、石舍、太安等乡的灾情尤为严重，许多田块颗粒无收。农民既愁口粮，更愁军粮，处在水深火热之中。

这一年，农民除按田亩交田赋粮（即征粮）外，还要缴军粮，这是日军通过日商洋行以低价强行收购的粮食。其中长安区就需上缴日商向伪区长订购的 117400 石军粮，并限定在 11 月 11 日要缴纳七成。

刘旭旦与锡西北武工委一起分析情况，决定以地下党员和抗日保家小组为骨干，由久安乡组织一支上百人的报荒请愿队伍，趁着日军警备队到长安区催缴军粮的时机，手持白穗稻，举着红红绿绿的三角小旗，由乡长、保长和民主人士带路，直奔伪区公所。在强烈要求减免军粮的呼声中，伪区长向日军驻长安桥警备队队长山本求救。山本满脸凶相，责成久安乡乡长刘旭旦追查请愿的组织者。刘旭旦拿出遭灾的稻米，据理陈情。山本拿出手枪，凶横地指着刘旭旦的头部，继续催逼军粮。

刘旭旦临危不惧，与日伪的经济掠夺暴行展开针锋相对的斗争。他出面约长安、八士、堰桥、张村地区的 14 个乡长、镇长开会，商定 14 个乡镇灾民联合行动计划，在更大范围内组织发动群众抗征抗捐，赴伪县政府报荒请愿。

11 月 7 日，14 个乡镇的各路报荒请愿队伍 1000 余人在锡澄公路会合。请愿队伍以老人为前导，有的捧着白穗稻，有的肩挑瘪谷箩，手拿象征报荒的三角小旗，浩浩荡荡地行走在锡澄公路上。路边各村的群众纷纷加入队伍，人数越聚越多，队伍越拉越长。在群众强大声势的压力下，伪县长电告苏州伪省政府，并去日商洋行交涉。日军和伪县政府不得不免征北乡军粮，抗缴军粮斗争终于取得了胜利。

战斗在敌人的心脏，刘旭旦常以"坚持到底，就是胜利"这句话勉励自己。他善于团结一切可以团结的力量，争取一切可以争取的人，尤其在支前、筹粮、交通情报等方面，不屈不挠地与日伪顽进行斗争，使久安乡变成了坚强的战斗堡垒。

1945年抗日战争胜利前夕，刘旭旦身份暴露，不幸被捕。受尽30多种酷刑，他依然严守秘密。气急败坏的敌人用铁丝穿过他的身体，将他游街示众后残忍杀害并毁尸灭迹。牺牲前，他写下了"笑汝辈黔驴技穷，钢筋铁骨贯长虹"的诗句。

叶子 / 绘

11.
抗日烈士秦宝的故事

1937 年，日军全面侵华。同年 11 月，中共江苏省委在上海成立，无锡沦陷。

1938 年初，上海的八路军办事处在《华美晨刊》上，向散布在各地的共产党员发出了迅速打入各地游击队组织开展抗日斗争的信息。长安桥小学的一位年轻老师看到这则信息，顿觉热血沸腾。他叫秦宝。

秦宝出生于长安桥季家，祖上在长安桥经营棉花庄生意，虽然规模不大，但注重品质，口碑颇好。秦宝自幼聪颖、勤奋好学，心地尤其善良。少年时代，他跟随家里的佣工去佃户家收田租，常有佃户贫病交加、生活困难，秦宝总会延缓收取或减免田租。

1931 年，16 岁的秦宝考入了上海无线电学校。受到同在上海的为我党地下党员的哥哥的影响，秦宝对共产党的革命活动逐步有了了解和认识，开始积极参加一些进步的社会活动。不久，根据组织的安排，秦宝协助哥哥，正式参加了地下革命工作。那时候的上海，白色恐怖严重，地下工作险象环生，稍有疏忽，就会酿成大患。秦宝屡屡出色地完成任务，经受住了残酷斗争的考验，1935 年在上海无线电学校加入了共青团，之后又成为共产党员。

那一年，在国民党的一次白色恐怖抓捕行动中，哥哥被捕，秦宝接受党组织的安排，从上海无线电学校辍学，回到家乡无锡长安桥。当时的无锡没有党组织，秦宝依然单枪匹马，以长安桥小学教师的身份，开展一些力所能及的革命活动。

现如今，秦宝从《华美晨刊》上了解到地下党发出的指示，感到非常兴奋，尤其是中共无锡县委重建以后，秦宝觉得自己终于回到了党的怀抱。

秦宝知道，无锡城被侵华日军占领后，无锡乡间民众为求自保，自发成立了很多夜防队、联防队、游击队等武装组织。秦宝立即行动起来，在县委的直接领导下和地下党的同志们一起开展联络、团结、收编游击队的工作。为了筹集抗日经费，秦宝当众烧毁地契，彻底减除农民的负担，让乡亲们排除后顾之忧，全力支持抗日队伍。

受上级指派，经熟人介绍，秦宝来到自发建立而且颇有实力的尤国振部工作，担任尤国振的副官，任务就是促使尤国振的游击队加入共产党的武装抗日救国会（简称"武抗会"）。

尤国振是无锡县东北塘人，曾在茂新面粉厂做工。无锡沦陷后，工厂停工，尤国振在回家路上，看见家乡满目疮痍，又听到乡亲哭诉日本侵略者烧杀抢掠，义愤填膺。恰巧在路上捡到一支手枪，回家后，尤国振就联络起昔日同伴好友，拉起了一支十几个人的夜防队，后来一直发展到数百人。

1938年4月，尤国振的游击队被国民党"忠救军"收编。为配合无锡县委团结争取尤国振，秦宝一方面不失时机地做好尤国振的思想工作，一方面与地下党领导保持密切联系，寻找突破口。1938年11月，东北塘春镜楼来了几位特殊的茶客，正是共产党的"武抗会"派出的地下党领导，由秦宝陪同前来与尤国振正式商谈收编事宜。经过商谈，尤国振表示拥护共产党的抗日主张，愿意接受"武抗会"的领导。为表明自己的诚意，尤国振拿出1200块大洋作为抗日经费交给地下党代表。从此，尤国振的部队名义上隶属"忠救军"，实质上已经接受我党领导，并挑选一批骨干，单独成立锄奸团，尤国振任团长，秦宝任参谋长。此后，锄奸团活跃在无锡城乡：在石塘湾伏击日军列车，毙敌20余名；在北栅口怒杀伪政府特务大队长李忠林的卫士陈鸿寿；斩首锡澄公路检查站日军军官；等等。尤国振的威名传遍无锡城乡，日伪军胆战心惊，同胞拍手称快。

接受"武抗会"领导后的尤国振部，士气高涨、精神振奋，抗日意志更加坚定。1939 年 1 月 28 日，通过侦查，秦宝得到城内日伪军情报，掌握了伪无锡县警察局的一个铁杆汉奸的活动规律，于当天傍晚派出锄奸团，暗地里跟踪这个大汉奸和他的两个保镖，在淘沙巷的小巷子里将这个罪大恶极的大汉奸和保镖当场击毙。此事震惊了敌人，极大地鼓舞了抗日军民的斗志。

1939 年 5 月 1 日，叶飞率新四军第三支队第六团从茅山出发，在武进整编地方抗日武装后，改用江南抗日义勇军（简称"江抗"）的番号东进抗日。8 日，"江抗"经锡北到达无锡梅村，在梅村小学操场受到"抗联会"组织的 3000 多人的热烈欢迎。"江抗"的到来，不仅使无锡的党组织和人民群众欢欣鼓舞，而且愿意接受改编的各路游击武装负责人也甚为兴奋，并期望尽快见到"江抗"首长。5 月底的一天，按照无锡县委的安排，秦宝带领部分地下党同志，陪同尤国振在鸿山西仓附近会见了"江抗"总指挥梅光迪、副总指挥叶飞、何克希等领导。尤国振向"江抗"首长表示要坚决抗日，提出希望"江抗"派出干部帮助自己整顿部队，因为老部队中都是自己的小兄弟，自己不便说话。尤国振还向叶飞上交了 1200 块大洋作为抗日经费，并提供了 600 发驳壳枪子弹。当叶飞知道尤国振进城杀敌锄奸缺少 6 寸手枪子弹后，马上从警卫员身上取下从福建苏区打游击时一直保留着的 22 发子弹送给尤国振，鼓励他多杀鬼子。

尤国振接受"江抗"领导的消息传出去后，引起了国民党"忠救军"的恐慌和仇视。1939年6月，"忠救军"设下奸计，通过青红帮头子季伯勤，以尤国振当时加入了季伯勤的帮会，称季伯勤为"先生"的理由，写信给尤国振，请尤国振到日伪军控制的长安桥大队部开会商谈要事，办了一个"鸿门宴"。秦宝察觉到这可能是个阴谋，一再劝说尤国振不要去。但尤国振固执地去了，到了长安桥附近，被提前埋伏在桑树田里的汉奸开枪打中，英勇牺牲。

秦宝迅速向上级报告了尤国振遇害的消息。经过商量，上级决定组织力量为尤国振报仇，同时派秦宝继续稳定人心浮动的尤国振旧部。"江抗"将锄奸团直属"江抗"指挥部，其余经过整编下设三个中队，共200余人。

日伪军对秦宝策反尤国振部一事一直怀恨在心，时刻都在找机会暗杀秦宝。1939年8月的一天，秦宝回到长安桥家中看望母亲和妻子，不料被"忠救军"知道了他的动向。敌人设下圈套，绑架了秦宝的妻弟，逼着秦宝的妻弟传话，诱骗说有人要与他商量事情。因为是妻弟来传的话，秦宝没多想，吃完晚饭就按时赴约。那时已近黄昏，秦宝走到西街桑树田时，察觉到周围情况不妙，但已无法脱身，早早埋伏在那里的几个敌人接连扣动了罪恶的扳机。年轻的英雄秦宝血染大地，壮烈牺牲，年仅24岁。

张靓琰 / 绘

12.
最后一颗手榴弹

　　陈忠林睁开眼睛，缓缓地站了起来，看了看不远处的硝烟和身边战壕里疲惫不堪却信念坚定的战士们，心底早已下定决心：一定要坚守阵地，只要我还活着，就绝不让小日本踏过这条壕沟半步。

　　陈忠林带领的这支精干的小部队，隶属锡北长安区办事处，是新四军六师江南挺进支队重返无锡地区开展反"清乡"斗争的一支地方武装。这支部队活动于锡澄界河两侧，包括无锡县的长安桥、东北塘、西漳、堰桥、八士等乡，以及江阴县的马镇、璜塘、西肠桥、文村、祝塘等乡。

　　当时，他们周围的敌情是：在锡澄公路上，敌人拦了一道竹篱笆，作为"清乡区"和"非清乡区"的分界线，在公路沿线的塘头、西漳、堰桥、青阳等地，都有日军的检查站，绵亘百里，给群众的生产、生活带来很大困难。正是"三里一据点，五里一炮楼"。此外，还有国民党的"忠救军"，名曰"国军"，实为土匪。这些土匪头子与日军相勾结，占地为王，各霸一方，横行乡里，欺压人民。

环境非常恶劣，斗争十分艰苦。部队天天打仗，有的一天要打好几仗。这一天，部队在斗山脚下一个村子宿营，太阳初升，战士们刚端起饭碗吃早饭，长安桥、八士桥的"清乡队"的几百人就从东、南两面包抄过来。哨兵一发现敌情，战士们立即投入战斗。

在后有追兵、前有来敌的情况下，队长陈忠林指挥部队迅速占领了一个高坡。陈忠林和战士们一起准备好手榴弹，待敌人临近，一声命令——"投掷"，刹那间，几十颗手榴弹投向敌群，敌人哇哇乱叫，四散逃窜。

经过一轮激烈的战斗，可能是双方都累了，这才有了喘口气的机会。听着伤员痛苦的呻吟声，看着战士们啃着像石头一样硬的馒头——他们有的还只是孩子，陈忠林眼角不禁落下泪来。他们个个都是好样的。

"报名！"肖勇，李强，杨长青，刘长江，土狗，马向前……战士们高高低低地报着自己的名字，告诉大家自己还没有光荣牺牲。没过多久，报名声突然停了，顿时一股沉重的气息笼罩着整个战壕——经过几轮残酷的激战，我军已伤亡过半。

太阳渐渐躲进云层，寒风呼呼从头顶擦过。战士们个个冻得全身发抖。已经是寒冬腊月了，他们的身上只穿着单薄破烂的军装。

陈忠林点了根烟，仰望着昏暗的天空，他已经忘记究竟多久没回家了。剩下的半包烟，陈忠林叫警卫员发了下去，这包烟还是警卫员土狗从日本军官那抢来的。

"土狗，过些天就是春节了。等打完了小鬼子，我们就回家好好地过个年！"

紧接着，一阵机枪声再次响起，战士们瞬间调节状态准备战斗。伴随着机枪声，泥土一阵一阵地落在陈忠林他们头上。敌人火力太猛，他们根本无法进行有力还击。战士们个个紧握钢枪，任由泥土拍打，丝毫不动。陈忠林慢慢探出头来，看到密密麻麻如野狗般的敌人再次向他们冲过来。

"还有多少手榴弹？全给老子拿来。"

"队长，只剩下最后一箱了。"

"每人几颗全给我发下去，等敌人靠近了一起扔过去。炸死他们。"

这时，敌人越来越近了，100米—50米—20米。"手榴弹伺候！"一声令下，战士们个个使出了吃奶的力气把手榴弹全扔了出去。

紧接着，战斗再次打起。很快，战壕里只剩下陈忠林和肖勇、土狗三个人。

　　"队长，你快撤吧，我们掩护你！"

　　"我怎么能抛下你们自己逃命呢？不要再说了，我是不会撤的，你们马上走，走！"

　　就在这时，所有的子弹已经打光了。敌人越来越近，狂叫道："缴枪不杀，投降有赏！"

　　陈忠林缓缓地站了起来，拍了拍身上的泥土，理了理破烂的军装和帽子，从怀里掏出了最后一颗手榴弹，仰天大笑，拉下了引线。

张靓琰／绘

13

长安桥的 "小莫斯科"

在战争年代，我们地下党和武工队在行动中经常会用暗号。暗号，就是不认识的人碰头时，按照提前约定的秘密信号（如一些对话、身上的穿戴、手里拿的东西等）来实现对接。有些特别的事情甚至连认识的人也要用暗号接头。

抗日战争时期的一天下午，从古庄桥上来了一个三十多岁的汉子。只见那汉子一边快步前行，一边观察周围的情况。他正是地下党锡澄县委武工队、长安中心区委武工组的组长江民明。江组长老家在古庄，十几岁就到无锡城里当工人，是大革命时期参加共产党领导的工人武装革命的老党员。大革命失败后，江组长隐姓埋名来到长安桥小学做教书先生。

江组长急匆匆地走进古庄深处的一座破败的小庙，从庙里走出来一位老者叫阿根。阿根上下打量了一番江组长就问道："你急匆匆的从哪里来？"江组长答道："长安桥。"江组长反过来问那老者："你这里是什么地方？"老者看了一下四周，没有外人，答道："我这里代号'小莫斯科'。"这是最近刚刚启用的武工队内部接头暗号。莫斯科是社会主义国家苏联的红色首都，一般外人绝不会提起这个名字。古庄地处锡澄虞交界处，人稀地偏，但村小人心齐，在对敌伪的反"清剿"斗争中，地下党遇到过很多危急情况，都是在群众的掩护和指点下安然脱险的。有的村民不惜自己被敌人抓去，严刑拷打下依然坚贞不屈。武工队员给这个村起了一个代号，就叫"小莫斯科"。

江组长和阿根爷爷虽然认识，但依然按照规定启用最新暗号接头。江组长在阿根爷爷耳边说了一会儿，阿根爷爷连连点头，马上走出小庙去往村里。不一会儿，五六个男女村民陆陆续续来到小庙，他们召开了一个紧急会议。

原来，新四军分区首长带领一个主力连从江阴澄西进入无锡玉祁东南的一个村庄宿营，遭到几股日伪军，共 600 多人的包围。我军英勇突围，杀伤了一部分敌人，我军也有伤亡。部队过了锡澄运河，要去锡东地区与苏锡武工队会合，就把 18 个伤员留在了西漳。西漳交通站地下党组织群众刚把伤员安顿好，就发现有几个不三不四的人在村口转悠。长安中心区委书记闻讯赶到，决定连夜转移伤员，马上派出交通员与长安武工组组长江民明取得联系。江组长一刻不耽误，立即赶到长安桥古庄——我们的"小莫斯科"，安排接收伤员。

半夜，武工队护送 18 名新四军伤员跨过锡澄公路，绕过堰桥和长安桥的日伪据点，将他们安置到古庄村民家中养伤。村民们早就做好了分工，有烧水做饭的，有给伤员看病换药的，还有的一大早就到周边镇上去买药。

天亮了，古庄依旧和往常一样，炊烟袅袅升起，村民们有的下地干活，有的划船捕鱼，还有一些孩子在小庙前的晒场上"打弹子"。一切看似平静，而在江组长的心中，一张覆盖全村的防护和报信、隐蔽、撤离网络时刻畅通无阻。

几天过去了，平静无事。这天晚上 10 点左右，长安桥敌人的据点里有部队全副武装出来。就在据点旁边不远处有个小酒馆，几个武工队员化装成小生意人在喝酒，发现了敌人的异动，立即启动了紧急撤离的预案，给店家十二三岁的儿子使了一个眼色。武工队员起身，从另一条小路向古庄隐蔽出发。店家的孩子叫上隔壁的一个小女孩，一个拿木鱼，一个拿小铜锣，走街串巷"喊火烛"："水缸满满，灶仓清清，火烛小心……"声音穿透夜空。

古庄村口桥上有几个孩子在玩，听到长安桥的"喊火烛"声音，就把桥边的一小堆干草点着。一阵阵小火苗和黑烟飘起来，这也是预先约定的向村里报信的暗号。在村里，凡是住着伤员的人家，看到黑烟，闻到干草燃烧的味道，就会立即安排伤员隐藏或撤离。钱阿大家里有两个伤员，他马上把猪圈里的地洞盖打开，两位伤员进去蹲着还算宽敞。钱阿大再把盖子盖好，铺上干草，撒上猪粪，一只大猪就躺在猪圈的地洞口呼呼大睡。伤员中有一位排长，带领一个战士躲进了小庙的隔墙里。还有十几位伤员被村民们带到西边白荡湖边，几艘小船已经等候在那里。小船把伤员们送到湖中央的小岛上。岛的后面也准备了几条小船，万一情况有变，坐上小船就可以到对岸江阴地界。妇女们也把家里收拾了一遍，把伤员的绷带、医护用品和新四军的各种物件全部隐藏好，不露出一点蛛丝马迹。就这样，不到半小时，伤员和几个外地的武工队员都无影无踪了。

江组长安排好了所有撤离工作，自己坚持要留下来观察情况，以便及时应对突发情况。好在他确实是古庄人，小庙旁边不远处还有他家一间破房子。他平时住在长安桥学校里，隔三差五也会回到古庄。

半夜，五六百个敌人进村了。他们疯狂地挨家挨户搜，翻箱倒柜搜遍每一个角落，没有发现可疑之处，就把全村的老百姓全部集中到小庙前的晒场上，把古庄的一个伪保长找来，要他一个一个查验有没有地下党和武工队、有没有新四军和伤病员。这个伪保长姓单，是个有着民族气节的地方知名民主人士。敌人逼着单先生围着群众转了一圈。当走到江组长面前时，单先生用手摸摸自己的心口，暗示江组长：我单某人决不出卖自己的良心。江组长会意地点点头，平静地看着单先生走过去。单先生走到敌人面前，对日军和汉奸说："都是良民，本村人，没有土匪。"日军恼羞成怒，把单先生按倒在地，一个人用毛巾堵住单先生的鼻孔，另一个人把早已准备好的一桶石灰水往单先生嘴里灌，边灌边问，还用脚在单先生的腹部踢踏。单先生被呛得满口鲜血，却始终没有屈服，一口咬定没有武工队、地下党，也没有外村人。江组长心如刀绞，真想扑上去把单先生救出来，但看着单先生用眼神暗示他一定要保护好自己，就只能装出木讷的表情……

天亮了，敌人一无所获。恰巧长安桥方向传来了枪声，敌人很疑惑，只能收兵赶回长安桥。其实，那不是枪声，就是晚上"喊火烛"的儿童团员故意放了几个鞭炮。

当日下午，看看情形已经安全，伤员们又悄悄回到了村里，古庄又恢复了往日的平静。然而，我们的贤达志士单先生却一病不起。大家想了很多办法，寻医问药。但是因为石灰水渗透进单先生的内脏，进入神经系统，单先生的病成了不治之症。

为单先生报仇！经过前期侦察、周密部署，在几个月后，江组长率领武工队员果断出击，混入长安桥日伪据点，一举歼灭敌人一个班，拔除了长安桥镇上的一个毒瘤。

张靓琰 / 绘

外二篇
特别呈献

1.

解放无锡，会师长安桥

    无锡长安桥（现属惠山区长安街道）是锡（无锡）、澄（江阴）、虞（常熟）三县河道圩荡交界的中心地区，也是锡、澄两县水陆密切交融之处。

    据史料记载：

    抗日战争和解放战争时期，我党地下组织先后在长安桥建立了长安中心区委、长安武装工委等形式、名称不同的组织机构。这些组织机构隶属锡北县委、锡澄虞县委或锡澄县委，领导长安、堰桥、西漳、前洲等地区，联络武进、东亭、安镇、张泾、寨门、东北塘、芙蓉山等广大无锡西北地区。

    1949年4月，中国人民解放军第三野战军第10兵团第29军强渡长江在江阴长山登陆后，一路追击国民党溃军，迅速南下向无锡挺进。第87师第260团指战员于23日23时许由光复门进入无锡城，同时入城的部队还有第87师第259团。无锡人民一觉醒来，发现在街上站岗的不是国民党军队，而是穿浅黄色军装的解放军，老百姓们欢欣不已。1949 年 4 月 23 日，无锡宣告解放！

与此同时，渡江大军派出的代表和坚持无锡地下斗争的地下党代表也选择在长安桥会师。4 月 22 日早晨，负责接管无锡的军管会干部大队在苏中一分区江南工作委员会委员、联络部部长张卓如的带领下，也在江阴长山脚下登岸，经江阴城南，沿锡澄公路到青阳镇东南的村庄宿营，23 日到堰桥吃早饭，然后直奔长安桥，与地下党领导的武工队的赵建平、江革等胜利会师。长安桥胜利会师，同样宣告了无锡的解放。

在无锡解放前的一天，一个苏北乡下姑娘背着一个印花布包袱走进了苏州观前街的一家发廊，她就是苏北新四军根据地江南办事处派来的地下党员萍萍。个把时辰过去后，走出来的萍萍已经像是一位苏州城里的年轻太太了。她款款而行，走进了大石头巷的一座普通小院子。

萍萍出生在无锡，因父亲参加革命较早，家庭常受到反动派摧残，全家经常东躲西藏，有时住在无锡，有时住在苏州。萍萍在苏州读了初中，于 1945 年 7 月正式参加革命，先后在新四军华中军区前方工作团、华中军区干部疗养队工作。1946 年 10 月，萍萍从苏中军区卫校毕业后，被分配到江南办事处工作。这年冬天，江南办事处决定派萍萍到苏州城里工作，任务就是和一位姓

关淼声 / 绘

钱的先生假扮夫妻干革命。

　　钱先生已经在他们的"家"里等着萍萍。萍萍一进家门，钱先生就像新婚丈夫一样问寒问暖，对她呵护有加。萍萍心里暖暖的，从包袱里拿出一个化妆盒，在粉底下面有一张小小的纸条，上面写着"中共正式党员"，下面还有江南办事处首长的签名。这就是萍萍的组织关系，钱先生接过纸条认真看过后，就把纸条烧了。然后他们就一起生火做晚饭。

为了掩护身份，萍萍开始在苏州很有名气的养育巷宏德产科医院上班。她见机行事，搜集一些日伪情报向钱先生汇报。而钱先生表面上是一个生意人，真实身份是华中工委任命的锡澄虞工委书记，重点负责武工队工作，经常往返于苏州和苏北根据地，也经常去太湖游击队，还会到吴江、常熟、沙洲、无锡等地去检查、布置工作。

1947 年 5 月，忽然传来一条可怕的情报。上级地委有个领导被捕后叛变，钱先生和萍萍处在极度危险的状况中。江南办事处首长立即指示他们搬家，搬到十全街的一个地方。萍萍也辞去了产科医院的工作，假装是个全职太太，继续在苏州为党搜集情报。

1948 年 5 月的一天，钱先生从外地回来，对萍萍轻声细语道："萍萍，我们一起工作很长时间了，互相有所了解。我觉得你对革命工作是坚定的，处事较稳重。我们的个性也合得来，就结成真正的一对吧！"因为在一起有了近两年的接触，钱先生这样提出来虽然有些突然，但萍萍并不感到特别意外。萍萍问："现在的工作和环境很紧张，谈这些是否合适？"钱先生回答得很干脆："我们不会因此而影响工作，还是和现在一样，各做各的事。"说实在的，萍萍心里早就默默地喜欢钱先生了。几个月后，钱先生告诉萍萍，组织上已经同意他们结婚。为了确保安全，他们再次搬家，搬到了苏州盘门外，表面上是老夫老妻，而实际上，夫妻共同的生活才真正开始。

新婚第一天，他们没有说多少情话，钱先生只是反复关照萍萍说："我们的工作很重要，也随时会有危险。敌人正想方设法抓捕我，我们的工作要十分注意隐蔽，一旦被捕就不要有任何幻想，只有准备牺牲。"钱先生还特别关照萍萍，如果自己被捕，就绝对不要管他，立即去找上级领导另行安排工作。

1949 年 2 月，我军三大战役取得决定性胜利，形势变化对我军非常有利。根据上级指示，钱先生和萍萍转移到无锡锡北武工队，为迎接大军过江做准备工作。

到了无锡，萍萍特别开心，一是因为回到土生土长的无锡老家，二是她得到情报，一直转战江南江北的父亲将和解放军一起渡江南下，解放无锡。

萍萍的父亲是已经改建的江南工作委员会的委员兼联络部部长。前几年他奉命南下，再返锡澄地区坚持敌后武装斗争。国民党京沪卫戍司令部对锡澄地区重点实施"坐镇清剿"，重金悬赏，把缉拿萍萍的父亲列为"清剿"的重要目标。而萍萍的父亲在这敌我力量悬殊的严峻形势面前，不畏艰险，在党的领导下，充分发动和依靠群众，机智顽强地战斗在敌人的心脏地区，彻底粉碎了国民党"坐镇清剿"的阴谋。萍萍的父亲还十分重视党的统一战线工作，采取多种方式给国民党地方军政要人、官员做工作，要他们认清形势、改变反动立场、将功赎罪、迎接解放，为无锡顺利解放作出了重要贡献。

无锡即将解放，亲人团聚就在眼前。萍萍想，父亲和钱先生一起打过日本侵略者和国民党反动派，但是，作为老丈人见女婿是头一次，不知到那个时候，他们会是什么样子。这时的萍萍，就像一个十几岁的调皮小姑娘，偷偷地笑，笑着等着，等着看自己生命中最重要的两个男人再相聚，会是怎样地激动人心！

终于，那一天已经指日可待。4 月 20 日晚上，萍萍的父亲跟随渡江大军到达长江北岸十一圩港。21 日凌晨，万炮齐鸣，千舟竞发，8000 多条木船满载着解放军横渡长江。船过江心，才遇到对岸守敌的阻击火力，战士们予以强有力的还击。"咔咔咔！""轰——轰！"双方的机枪、榴弹炮声响成一片。敌江阴要塞被我地下党策反起义，没有发出一枪一弹，但停泊在黄田港的两艘敌艇却出动了。"轰——轰！"两颗重型炮弹呼啸而来，一颗掠过桅顶向后飞去，一颗越过船舷落到江中，激起数米高的水柱，冲得船身晃荡。船老大沉着地撑着船，战士们奋力划着桨。"冲啊！""冲上去消灭敌人啊！"江心腾起一片激动人心的呼喊声，猛烈的火力射向敌岸。我军北岸的重榴弹炮开火了。"轰轰！"接连几颗炮弹在敌艇四周开花，把敌艇打得无力还手，最后"夹着尾巴"向黄田港逃窜。顷刻间，我军的信号枪响了，彩色的曳光弹划破夜空，这说明我军先头部队已经登陆。这时，东方泛起鱼肚白，看着离岸只有半里多，指挥员一声令下，战士们个个纵身下船，水齐胸口，但春江水暖，已不感到寒气袭人了。大家手挽着手冲上岸去。漫山遍野的战士迅捷地翻过山头，绕到敌人背后，解除了敌人的武装，控制了方圆几十里的开阔地带。天大亮了，敌人还不甘心失败，派来五架轰炸机盲目投弹。登上山顶的战士早就架好高射机枪，一阵猛射，赶走了敌机。大军过了山，分头挺进，猛歼残敌。蒋介石部署的长江防线土崩瓦解了。

由于江阴要塞起义成功，主力部队勇猛地突破敌人防线，歼灭敌人，迅速向纵深发展，切断京沪线，向太湖西岸宜兴方向前进。

4月22日早晨，接管无锡的干部大队也在江阴长山脚下登岸，经江阴城南，沿锡澄公路到青阳镇东南的一个村庄宿营，23日到堰桥吃早饭。随后，萍萍的父亲带着一个警卫连直奔长安桥。

钱先生、地下党的几个领导和武工队员与干部大队在长安桥胜利会师！钱先生和萍萍的父亲相聚了，两双大手紧紧地握在一起。南北两岸的同志们相互拥抱，雀跃欢呼，庆祝解放！

萍萍和很多战斗在江南的地下党、武工队员在东亭等候。第二天，萍萍就和父亲、钱先生，还有很多很多的党政军领导和翻身当家做主人的人民群众一起，热火朝天地准备着建设新的无锡。

　　后来有一天，萍萍问钱先生，在长安桥胜利会师那一天见到她的父亲时，心里是怎么想的？钱先生，不，现在不需要隐姓埋名了，她的丈夫，中共无锡县委赵副书记愣了一下，说："我只想到无锡解放胜利会师，怎么就没有想到从苏北来的解放军代表就是自己的老丈人呢？"

2.
密电码历险记 顾风

顾风，长安桥后村里人，1908 年生。1949 年无锡解放后任无锡市首任市长。

顾风幼时在家乡就读小学，18 岁到上海当学徒，并开始从事地下革命工作。1925 年到莫斯科中山大学学习。1937 年 11 月无锡沦陷前夕，参加无锡抗日青年流亡服务团，到达江西南昌。1939 年加入中国共产党。后又辗转至苏北宝应参加新四军。

顾风历任中共福州市委青年部部长、中共福建省福州市特别支部书记、中共苏中区党委秘书、党校教育长等职。1944 年任中共宝应县委书记。1947 年任苏中二分区专员、苏中二地委常委。1949 年 4 月渡江战役后，任无锡市市长，中共无锡市委常委，苏南行政公署委员。1952 年调至上海。

1941 年皖南事变后，中央与浙江省、福建省的组织关系中断了。于是，中共中央华中局派谭震林去浙江、顾风去福建，带着密电码去寻找省委。

我是无锡北乡人，少年时代在社桥实业中学读书。

1925 年到莫斯科，在中山大学学了三年，学的有自然科学，也有社会科学。学生有的是工人，有的是农民，也有德国留学生。这个学校是为纪念孙中山而办的。

我要讲的事情发生在 1941 年皖南事变以后。那时候，中央与浙江省、福建省的组织关系中断了，组织上派我到福建与省委取得联系，交给我的任务是带着电台的密电码到福建，把密电码交给福建省委，以便同华中局通讯。华中局从 5 月底开始，一直发呼号。我一个人从苏中根据地出发，先到新四军上海办事处，在浙江路一家无锡人开的梁溪旅社接头。到那里不久，杨炳就来了。我说我的任务是到福建去找省委，一是要路费，二是要路线。当时所有通过福建的路，都是日本人控制的，杨炳说："这条交通线，既要通过日本人的关卡，又要通过国民党的封锁线，一直没有打通。看来这任务只能由你单独去设法完成了，连线索都没有。"

我住在亲戚家里，第一步要一个通行证，就去福建同乡会冒充福建同乡去探亲，花了 20 元买了一张福建同乡会的证明。再打听到福建去的路怎样走，请福建同乡会的同志指点。那个同志说："春申旅馆有人专门指导。"于是我去春申旅馆交了50元。那向导说："明天来，我们就要动身了，并且只能送到杭州。"

于是我从杭州再到兰溪，乘火车到江西上饶，路上被日本人检查，后来又进入国民党统治区。一路上到处检查，我屁股上还吃了一枪柄。我化装成一个商人，在江西一路卖瓷器，穿过铅山（位于江西、福建交界处），向福建方向跑，在铅山看到一些新四军战士被关在国民党的集中营里。我一路被盘问，挨打，被要钱。进入石塘镇（这是叶飞部队1938年底集中的地方，我在那里工作过），有国民党的岗哨，所以比较紧张，一走过这条街，好多院子里都押着新四军被俘人员。这时天已经黑了，我1938年在石塘做过群众工作，有认识的老百姓，所以吃一顿饭就走。如果住下来，要"连环保"，也就是说要街坊邻居都出来为我作保。

石塘是闽北根据地的边缘，翻过温岭关就是福建。这个地方也是民团的封锁线。民团是地头蛇，非常难缠，不能停留。可是我又不知道省委在哪里。

我拂晓前必须进入福建。老乡说福建到处是民团，温岭关一上一下80多里路只能晚上走。又是暗星夜，我一口气不歇，半夜赶到温岭关。在山上群众处吃了饭，当地的群众说："下面不能去，下面都是民团的碉堡，要捉你的。"我说我是生意人，他们也不大相信。

我要下去，可是不能在有路的地方走。福建省委是流动的，在崇安一带活动。这里山连着山，我又要上山，到省委要通过交通站一站一站往上送。周围有些联络点，只晓得福建省委在闽北流动。

过去省委在村头山上留驻过，我就去那里爬山。在温岭关上，群众又管了我一顿饭。到第二天中午过后，我又爬了一百四五十里山，看到村头山上原有的几十间房子都烧光了。在一口井的旁边，有一点发霉的饭，我就捞点霉饭吃，然后再找，一直找到晚上。接着又找了一天，一个人也找不见。白天在树林里钻。过去我们机关就是在树林里钻来钻去的。这时我想：怎么办呢？难道就此罢休？密电码送不到要误大事。白天看得清楚，山下都是民团碉堡。（后来才知道，民团发现山上有个戴草帽的人后，曾经搜过山。）

我就继续找，一天半没有吃过东西，继续在过去省委活动的地方找。饿也不觉得，一心找省委。接连找了三个整天后，我就往山下跑，因为另一座山上省委机关也留驻过，但是要经过一条河，并且要通过民团的碉堡群。我的体力已经消耗得很厉害了。要到另外一座山，必须过河，桥上有人巡逻，水浅而湍急。我就等到后半夜，见桥上只有一个人了，便到桥底下埋伏起来，终于通过了封锁线。在河对面又走了十几里，天快亮了，我找到省委机关留驻过的另一个地方，发现房子也都烧光了。这时已是第四天早晨，我坐在那里毫无办法。因为这是我所知道的最后一个地方。怎么办？天亮了，民团要上来搜山。肚子饿，我就摘点野桃子吃，谁知越吃越饿。我不能乱跑，但不跑就是等死。我想，这个地区过去是游击根据地，现在敌人封山搜山，同志们可能还会上山。我决定天黑后下山去找老百姓。到将近天黑时，上来一个老乡，戴着个斗笠，走近一看，是一个县委书记，我在他家里住过，他是给打埋伏的几个同志送米的。他说："我注意你好久了，你肯定是来接组织关系的。"我问："省委呢？"他说："省委不在这里。"我说："你先帮我去弄点吃的，我四天没有吃东西了。"

我们通过竹林，每踩倒一根草都重新扶直。在一个小竹棚里有七个人，头发都有几尺长了，大部分人我都认得。县委书记说："你饿了四天，不能吃饭，只能吃粥，另外就是可以吃菇。"吃了一点粥，我说我有任务还没完成，县委书记说省委在闽南顺昌县。我说："我有紧急任务，这里有没有负责的同志？"他说："有，组织部长汪林兴在这儿。"我看见了汪林兴，很高兴。汪林兴告诉我，皖南事变后，国民党封山、烧山、抓人，他们缺粮、缺盐、缺钱，同中央的联系断掉后，对国内外形势也不清楚。我说："我的任务就是给省委送通讯密电码。"于是，第二天派来一个宁都老乡，连夜动身。去顺昌的路，一路上都是碉堡，只能在雨天的晚上走；有桥不能走，只能游水。我近视，只好让他在前面跑，颈上围一条白色的东西，我跟在后面跑。在雨中跑了二十多天，全都是山路，山又高，遇到熟悉的老百姓，就去搞点吃的。有时住在老虎洞里。过了几次河，身上都是潮的。跑了许多天，终于到了目的地。

省委机关就在顺昌山上。我先在山下联络点住下，一到就发起高烧晕倒了。醒来后，我说让曾镜冰（省委书记）快来，我有东西交给他。他一看见我就说："老顾，是你呀！"我说："我是从华中局来的，带来了密电码。"当下把密电码拿出来，字迹已经有些模糊。我说我还背得出，背了一下，是对的。省委第二天就把已藏起来的电台取出。华中局只呼叫一个月，我找到省委时已经过了快两个月。省委呼叫了三四天，都没有回应。我说让我回去，省委书记留我。我要他一直呼叫下去。我赶回华中局，陈丕显同志告诉我，已经联系上了。

革命就是要有无私无畏的精神，我那时想："我完不成任务，死也要死在山上。"

对革命要有信念，困难要自己去克服。

体验阅读：孩子们的话

　　这本故事集初稿完成后，我们选择了一批故事，让小学三年级到初中三年级的部分学生进行体验阅读，并请孩子们在阅读后写下自己的感受。我们选择了一部分学生的读后感，编到书里。

　　另外，我们还邀请了一些爱好绘画的学生，在阅读故事以后，按照自己的理解并在美术老师的指导下作了部分插画。

　　在此，我们向各位小朋友和指导老师表示衷心的感谢！

　　《上海裁缝无锡"奔丧"》仿佛把我带到了解放战争年代，尤其是读到太爷爷和江队长就要登上常熟到江阴的客轮时被敌人的哨兵拦住的那一段，我的心都快要到嗓子眼了。我对当时中国共产党的地下工作者感到无比钦佩。他们不但要求智商高，还要求情商高，同时还要有随时随地为理想献身的精神。

　　正是有了许许多多这样的人为建立新中国舍生忘死，才有了

198

现在的和平生活。我们要珍惜现在的生活，好好学习，将来做对国家有用的人。

小学三年级学生　许伊涵

80 多年前的无锡，有一个叫小生的放牛娃，面对敌人沉着冷静，配合中共地下党情报员，顺利帮助陌生的姐姐逃过日本人的搜查。读完《放牛娃认"姐"》，我为机灵勇敢的小生点赞。年仅十岁的放牛娃，面对凶狠的敌人，没有惊慌，也不害怕，勇敢地认下了陌生的姐姐，骗过了狡猾的汉奸和鬼子。他这种机智勇敢的品质，非常值得我们学习。我们作为新时代的好少年，遇到困难和危险时，应该像小生一样，要勇敢地面对它，解决它。

小学三年级学生　黄庆辰

我读完了《三小儿辨父》的故事，里面三小儿的经历让我印象深刻。

三小儿为了保护共产党员爹爹，智斗日本人和汉奸，不管鬼子用什么手段哄、吓、骗，甚至毒打，以死亡为威胁，都不屈服。三小儿被抓后，被汉奸捉住双手用力拍打，打得红肿，痛到他们眼泪直流，撕心裂肺地哭喊哀求，但他们仍然忍着疼痛严守秘密。这场面实在让人心悸！难以想象，他们和我差不多的年纪，假如换成我，我能承受这样的折磨吗？出生在那样动乱的年代，随时都有生命危险，但他们遇到残暴的敌人，却能勇敢地说"不"。我们生在这么幸福的时代，有时却身在福中不知福，总是埋怨作业太多，玩的时间不够，要求父母做这做那。和他们相比，我们显得那么渺小和无知。

我现在意识到了，要珍惜现在的美好生活，做一个爱学习、爱祖国的好少年，长大后为社会做些力所能及的事。

小学三年级学生　李陆瑶

《放牛娃认"姐"》，一读到这个题目，我就很好奇，为什么这个"姐"要有个双引号呢？直到读完整个故事，我才恍然大悟，原来此"姐"非彼"姐"，是一名优秀的情报员姐姐。放牛娃的表现同样给我留下了深刻的印象，他小小年纪就能够帮助陌生人化解危机，他的随机应变、沉着冷静让我钦佩。我真希望自己能拥有像放牛娃一样的勇气。

小学四年级学生　汤思齐

故事讲到街头常出现三个像乞丐一样的孩子，我好奇地往后读，才知道这是被迫辨认自己的共产党员父亲的孩子，我的心提了起来。幸好老大浩清的机智安抚了我的心，他通过装傻成功骗过了汉奸，既帮助自己的父亲成功脱险，也保住了兄弟三人的性命。希望我也能够如浩清一般，做一个机智勇敢、坚强不屈的人。

小学四年级学生　姚鈜迪

今天，妈妈给我看了一篇文章，名叫《长安桥朱家联络站》。它主要讲的是，长安桥有个村庄叫冯古巷，村里有一户姓朱的农户，他家的母亲王氏凭借自己的聪明才智和村里人一起帮助新四军武工队躲过了敌人的搜查，还在家里设立了一个秘密联络站，帮助党组织开展了一系列的情报传递工作。

这不禁让我想到，我们生活的这个和平的时代，是多少老一辈人用他们的血肉打拼出来的。我们耳熟能详的海娃送鸡毛信的故事、放牛娃王二小的故事，令人印象深刻。他们也和我们一样，是祖国的花朵。同样的年纪，当我们坐在明亮宽敞的教室里上课时，他们却勇敢地跟敌人在做斗争。

"少年智则国智，少年富则国富；少年强则国强，少年独立则国独立；少年自由则国自由，少年进步则国进步。"正如我们所唱，让我们为祖国的未来而努力奋斗吧！

小学四年级学生　王钇兮

　　我刚拿起《长安桥的抗日儿童团》，就被故事情节深深吸引了。这篇故事讲的是在抗日战争时期，在无锡有很多儿童团员用歌谣的形式传递信息，甚至讽刺敌人，并帮助新四军作掩护，把军用物资运到了新四军根据地。

　　我被儿童团孩子们的机智、勇敢、坚强、不怕牺牲，敢于和日本侵略者作斗争的精神所感动。那时涌现出了一群少年英雄，有许多可歌可泣的英勇斗争事迹，为抗战胜利作出了不可磨灭的贡献。

　　今天，虽然我们的国家国泰民安，远离战争，但我们要时刻准备着，学习先辈们机智勇敢、不怕牺牲的精神，立志成才，报效祖国！

小学五年级学生　钱雨涵

　　"暗号"在现在也许十分普通，并不重要，但在战争年代，它可是我们战胜日军的关键，是我们人民的智慧成果。在《长安桥的"小莫斯科"》中，我们长安人民就是靠着这种方法战胜了日军。在艰难的日子中，爱国的民主人士单先生在日军的威逼下，依旧拍拍自己的心口，表示自己决不会屈服，最后被日军灌入石灰水，壮烈牺牲。在这个故事中，我看到了我们长安人民的团结与智慧，更看到了中华儿女为了祖国宁死不屈的革命精神。铭记历史，不是铭记仇恨。不忘初心，是为了更好地前行。让我们继承和发扬先辈们的革命精神，从现在做起，从我做起。

小学六年级学生　向晨曦

今天我要说的是在长安桥的北边有一个叫古庄的地方，地下党在古庄深处，人们通过暗号完成了掩护的故事。文中有一位人物值得我学习，他是单先生，他很坚强，就算牺牲也要掩护地下党。即使敌人给单先生灌石灰水，鲜血一滴滴地流，那又能怎么样呢？他依然一声不吭。他没有屈服，他是一个值得敬佩的人。坚强每一个人都知道，但能做到的却不是每一个人。向单先生致敬。

小学六年级学生　盛钰淼

读了《两渡冰河突围》的故事，我了解了我们长安人民英勇斗争的事迹。江书记和武工队员发扬革命的英雄主义和大无畏精神，居然在零下几摄氏度的寒冷中，拨开冰碴子，两渡冰河，跳出包围圈，这是怎样的勇气呀，我肃然起敬。如今我们的生活多么安定，家家户户丰衣足食，不用再受战争的折磨，这些都是先辈们抛头颅、洒热血换来的。"天下兴亡，匹夫有责"，虽然我们只是平凡的小学生，但我们的肩膀上扛着祖国的明天。

所以我们要向先辈们学习，艰苦奋斗，为祖国的明天贡献出自己的力量。

小学六年级学生　孙汉硕

今天，我读了《长安桥的"小莫斯科"》这个故事，它带我走进了抗日战争时期的那一段岁月，了解了发生在家乡的一个感人的故事。当年长安人民想方设法掩护新四军的伤员，日寇在一无所获之后，把贤达志士单先生抓住了。为了让单先生供出新四军，他们对单先生严加毒打，甚至灌了石灰水，但单先生宁死也没有指认武工队长江民明，最后一病不起，献出了宝贵的生命。单先生是伟大的，千千万万的革命先烈是伟大的。他们用自己的生命换来了新中国的成立，换来了我们今天幸福的生活。我们应该永远铭记他们，扛过他们肩上建设祖国的大旗，珍惜现在的美好生活，勤奋学习，用自己的实际行动告诉祖国，告诉人民："强国有我！"

小学六年级学生　汤谨菡

身既死兮神以灵，魂魄毅兮为鬼雄。

面对敌人的严刑拷打，《假设灵堂"奠"亲子》中的顾母从未表现出丝毫胆怯，是为勇。

面对劫亲之痛，顾母与乡邻合演一出"戏"救回孩子，是为智。

面对私利与大义，她毫不犹豫选择了后者。因为，她是中国人。

如果奇迹有颜色，那一定是中国红。

初三学生　阚靖梵

江山不负英雄泪，且将利剑破长空。

在那个时代，战火纷飞。在暗无天日的无尽黑夜里，星光闪烁。一盏暗下，千万盏雄起。他们于黑暗中愈行愈远，不曾担心自己是否会行至终点，他们所担心的是擎着的火炬是否折损，担心所踩着的土地是否安然。

一寸山河一寸血，一抔热土一抔魂。我闭上眼，江河奔腾，雷雨叱咤，风起云涌间，你从怀里掏出了最后一颗手榴弹，仰天长笑，拉下引线……

初三学生　吴慧君

素来认为自己生在江南水乡，水，抑或是人，都是温和柔软的。直到我读到《烽火长安桥》才了解到，抗日战争时期，伤痕累累、生于废墟之下的长安人民，那份骨子里的韧劲，仿佛是烈火淬炼下的坚钢。

我看见，郑家国锄奸，名为家国，死为家国；我看见，抗日儿童团，用童谣唱出一条生路；我看见，顾风的翻山越岭，用信念走过几十个点点星夜……我看见千千万万同他们一般坚韧不拔的长安人站起来，接过革命烽火，一路向前，与光辉齐明，身影耀河山。这也正是我中华国人之魄，民族之魂。作为新时代的少年，我们应当铭记历史，缅怀先烈，但同时，我们更应该传承与发展新时代长安情神，爱党爱国，勤劳勇敢，自强不息。

初三学生　肖瑶

他们朝着有光的地方走，将山林踏出泥泞的道路，终点是要在顶峰把红色的旗帜屹立挥起。

烽火连月，路途遥危。是什么使顾风坚持下来？我想定是血液中的信念。薄薄的一纸密电码或许就是一场战役的希望，所以他跋山涉水，走过几十个点点星夜。

革命史上从不缺英雄，但在伟岸身影背后支撑的，永远是信念。就像在《长津湖》电影中，七连把战争放在眼前，置生死于身后。寒风与炮火中，以意志来清醒，以信念来作战。一代又一代的爱国英雄与时代楷模用精神信念铸就铮铮铁骨，铺就通往光明的道路。

尽管那些岁月已然远去，可时代仍需要那些英雄的精神。我们应该高举红色的旗帜，继往开来，走完先辈未走完的道路，精神传万代，英雄续千秋。

我们的红旗，屹立不倒。

初三学生　居彦霖

作者的话

首先，我们向无数革命英烈致敬！向百年来英勇奋斗的革命先辈致敬！向千千万万百折不挠的人民英雄致敬！

习近平总书记在党史学习教育动员大会上指出，"要抓好青少年学习教育""让红色基因、革命薪火代代传承"，从红色江山永不变色、党的事业后继有人的战略高度强调了青少年党史学习教育重大而深远的意义。

我们编写这本书的初衷，一是进一步发挥一大批无锡本土革命历史资料的作用，尽可能地在浩繁的文史资料中，整理出一些具有一定代表性的人物和事迹加以宣扬；二是我们的书是以文学故事的形式呈现的，意在寻找一个途径，让先辈们的回忆录、革命史等，以一种更生动活泼的形式，实现更广泛的传播；三是本书的目标读者群体主要是广大少年儿童，希望通过喜闻乐见的故事形式，让他们爱读乐传，记深记牢，作为少年儿童"学党史"的一种读物，更好地传播红色文化，让孩子们从小就播下"初心"的种子，让革命理想和崇高信仰在他们心中生根开花。本书初稿形成时，我们专门邀请了部分小学三年级到初中三年级的学生进行体验阅读并撰写读后感，还邀请了部分小学生和"90后""00后"美术爱好者绘制插画，以期更贴近广大少年儿童，提高书的可读性和欣赏性。

一个故事胜过一个大道理。给少年儿童讲红色故事，不但要让故事生动起来，还要有情感，有新时代的感召力、感染力。这样，才能更好地在少年儿童心中播下信仰的种子，燃起爱党爱国的精神力量。

《烽火长安桥——无锡长安桥地区地下革命斗争故事》不是史书，但它主要取材于革命战争年代以无锡长安桥地区为中心的人和事，又不拘泥于史料本身，尝试使革命史料和艺术加工有机结合。在写作中，我们既重视史实的准确性，又注意想象的合理性，有递进，有铺陈，有高潮。同时也希望对历史的思考、书写中都蕴含着为当下寻找精神火种的意愿——将波澜壮阔的历史景象拉至眼前，还原革命战争年代共产党人的精神追求；力图以文艺的语言、文艺的手法、文艺的真善美实现红色故事到文艺作品的"质变"，以精益求精的态度使其更加符合少年儿童的"口味"。

本书在编写过程中，得到了无锡惠山经济技术开发区（长安街道）、共青团惠山区委员会、少先队惠山区工作委员会等单位的大力支持，也得到了无锡市党史研究专家的关心和帮助，在此一并致以诚挚的感谢！

由于作者写作水平有限、查阅史料有限、文字篇幅有限，这本小册子定是挂一漏万。但我们做的是一种尝试。如有可能，我们将以此为起点，继续推出新的作品。

欢迎各位读者多提宝贵意见！

马千斤、杨文隽敬上

2022 年 3 月